高家表裏譚2

密使

上田秀人

角川文庫
22341

目次

第一章　城中監察

一

高家《こうけ》見習いというのは、退屈なものであった。高家の控え室でもある城中芙蓉《ふよう》の間に入ることは認められるが、一切口を開くことは許されず、ただ一日、高家衆がなにをしているか、どのような会話をかわしているかに注目するだけであった。

「さて、本日もさほどのこともなし。下城時刻になりましたゆえ、お先に」

品川《しながわ》内膳正《ないぜんのかみ》高如《たかゆき》が腰を上げた。

「では、わたくしも、御免」

続いて土岐《とき》土佐守《とさのかみ》頼勝《よりかつ》が立ちあがった。

「お疲れでござった」

「……………」

吉良《きら》左《さ》近衛《こんえの》少将《しょうしょう》義冬《よしふゆ》がねぎらいの言葉で見送り、吉良三郎《さぶろう》義央《よしなか》は無言で手を突いた。

「帰るぞ」

二人が出ていき、襖《ふすま》が閉じたのを見て、吉良義冬が息子三郎を促した。

「はっ」

首肯した三郎は、深々と残っている高家衆に頭を下げた。

「お先に失礼をいたしまする。本日はご指導ありがとうございました」

何一つ教えてもらってはいないが、これも礼儀であった。

「……………」

腰を折った三郎に、誰も反応はしない。これも慣例であった。

「では、ごめん」

吉良義冬がさっさと襖を開けた。

「……………」

あわてて三郎が後を追った。

「……やはり見習いではいかんな」

江戸《えど》城の廊下を進みながら、吉良義冬が呟《つぶや》いた。

「なにか」

三郎が聞き返した。

「ここではまずい。帰ってからじゃ」

不機嫌な声で吉良義冬が拒んだ。

徳川《とくがわ》家の遠い縁戚《えんせき》でもある吉良家は、江戸城内廓《うちぐるわ》、鍛冶《かじ》橋御門《ばしごもん》側に屋敷を与えられている。芙蓉の間から屋敷まで急げば、四半刻《しはんとき》（約三十分）の半分ほどで着く。

しかし、高家である吉良は、早足などという無粋なまねはしなかった。

「これは左少将《さしょうしょう》さま」

「おおっ、壱岐守《いきのかみ》どのか」

城中で会った大名、旗本との応接も高家の仕事である。

「先日の叙任では、本家がお世話になりまして、篤《あつ》く御礼申しあげまする」

「いやいや、修理《しゅり》太夫《だいふ》どのがそれにふさわしいお方なればこそ、推挙いたしたまで」

十分な礼金をもらったとは言わない。

「いえいえ、すべて左少将さまのお力添えがあってこそ」

壱岐守がさらに吉良義冬を持ちあげた。

「そういえば、壱岐守どのは任官してどのくらいになられるかの」

「襲封の年にちょうだいいたしましたので、そろそろ十年にはなるかと」

思い出した風を装った吉良義冬に、壱岐守が答えた。

「もう十年に……それはいかぬの。壱岐守どのほどの御仁に六位《ろくい》の下《げ》はいささかもの足りませぬな」

「とんでもないことでございまする。わたくしごとき浅才の者には、壱岐守も重いくらいでございまする」

推挙してやろうかと言った吉良義冬に、壱岐守があわてて首を振った。

格式や石高で上下するとはいえ、叙任や昇爵《しょうしゃく》には相応の金がかかる。安くても数百両、場合によっては千両をこえる。手元不如意の時代に不要な任官は、致命傷になりかねない。

壱岐守があわてて断った。

「それはご謙遜《けんそん》でござるな。その気になったときは、余にご相談あれよ。ではの」

ここでしつこく求める、あるいは無理強いをすることは、敵を生むだけである。

あっさりと吉良義冬は壱岐守に背を向けた。

「……ふん。機を逃したの、あやつは」

吉良義冬が吐き捨てた。

「機を逃したでございまするか」

父の背を追いながら三郎が訊《き》いた。

「そうよ。あやつの家柄からいけば壱岐守があがり、つまりあれ以上はない。それを儂《わし》は面倒見てやろうと言ったのだ。乗っておけば、壱岐守より格上、そうよなあ備前守《びぜんのかみ》あるいは、無理をすれば山城守《やましろのかみ》にはなれたはず」

同じ国守ではあるが、国の大きさ、京《きょう》からの距離、歴史などで格付けがある。壱岐守は因幡の沖合に浮かぶ島の国守であり、備前守に比べて京より遠く、石高も少ない。さらに山城守ともなると京を含むだけにその格式は国守のなかでも群を抜いている。

「当然、身に過ぎた任官をなしたとあれば、執政衆の目にも留まる。それだけの器量があるのではないか、あるいはそれだけ裕福なのかとな。器量があれば、それに応じた役目を与えられよう。寺社奉行《じしゃぶぎょう》か、奏者番《そうしゃばん》か。無役の大名なんぞ、価値なしよ。先祖より受け継いだ領地を守るだけで、一石たりとて増やせぬ。だが、役に就き相応の手柄を立てれば、より上を狙える。若年寄《わかどしより》いや、何十年か後には老中《ろうじゅう》にも届くかも知れぬ。そうなれば、領地も増える。老中は城付の要地で五万石以上が慣例だからな」

「御老中さまに……」

吉良義冬の話に、三郎が息を呑《の》んだ。

「そうよ。その機会をあやつは永遠に失った。たかが数百両の金と引き換えにな。老中になれば、そのていどの金すぐに取り返せる」

「永遠に失った……」

「儂を敵にしたからの。除目《じもく》評定にあやつの名前が出ても、儂が認めぬ」

大名や旗本の除目任官はすべて幕府が朝廷へ奏上して認められる。そして、その幕府奏上の名簿を作るのが高家であった。

「……」

「三郎、あやつの名前を覚えておけ。そなたが儂の跡を継いだ後も、あやつを立身させてはならぬ」

「はい」

三郎は首を縦に振るしかなかった。

「……あれは」

　すっと吉良義冬の目が細められた。

「父上……」

「そなた、なにをしておる」

　三郎の疑問を無視して、吉良義冬が目の前にいた大名に声をかけた。

「待て」

「なんじゃ……左少将どの」

　吉良義冬の制止に振り向いた大名が、驚愕《きょうがく》した。

「今、なにをした」

「なにを……」

　大名がとぼけた。

「足下に落ちているものは、なんだと訊いておる」

「……足下……はて。おおっ、紙くずが」

　大名が困惑を装った。

「お城坊主どの、塵《ちり》でござるぞ」

　大名が廊下の隅で見ていたお城坊主に呼びかけた。

「…………」

その紙くずが大名の捨てたものだと知っているお城坊主は聞こえない振りをした。

「これ、お城坊主」

「いい加減にせよ。余は最初から見ていたのだ」

まだごまかそうとする大名を吉良義冬が止めた。

「…………」

大名が目を逸《そ》らした。

「認めて詫《わ》びれば、今回は許したものを」

小さく吉良義冬がため息を吐いた。

高家衆の仕事の一つに、城中の規範を守るというのがあった。

「申しわけございませぬ。どうぞ、お見逃しを」

「ならぬ」

大名の願いをにべもなく断った吉良義冬が、見て見ぬ振りを決めこんでいたお城坊主を呼んだ。

「お城坊主、参れ」

「……はっ」

高家に呼ばれて聞こえない振りはできなかった。

「この者を存じおるか」

「存じておりまする」

問われたお城坊主が認めた。

「この者の屋敷へ使いを送れ。家老職に登城せよと」

「はっ」

「お、お待ちあれ」

吉良義冬の指図にお城坊主が腰を屈《かが》めて走っていき、大名が顔色を変えた。

家老を呼ぶのは、藩主の下城を停止するとの意味である。たった今より、この大名は玄関近くの空き座敷へ連れられ、迎えの家老が来るまで閉じこめられる。

「左近衛少将さま、お許しを」

大名が吉良義冬の前で手を突いた。

「そなたは存じおるか。我ら高家が殿中礼儀を監察する意味を」

「…………」

「上様より、城中の礼儀礼法を司《つかさど》れとのご命をいただいておるからである。つまり、我らは上様の名代。その名代をごまかそうとした。それは、上様を謀《たばか》るも同然。徳川家に仕える者として、決してしてはならぬ罪を犯したのだ。そなたは」

黙る大名を無視して、吉良義冬が断じた。

「不届きは重々承知いたしておりまする。幾重にもお詫びいたしまする。何卒《なにとぞ》、お許しをくださいませ」

大名が平身低頭した。

「ならぬ」

「後ほどお屋敷へ参上仕りますれば……」

一言で切って捨てた吉良義冬に、大名が後ほど詫びにいくと言った。ようは、金を持っていくので、なかったことにするか、あるいは軽く叱り置くていどですませてくれと言っているのだ。

「目付《めつけ》はおるか」

吉良義冬が声をあげた。

「これに」

控えて様子を見ていた目付が、するすると吉良義冬のもとへ近づいた。

「こやつを押さえておけ」

「承知。立て」

吉良義冬の言葉に目付が冷たく告げた。

「何卒、何卒」

大名は床に額を押しつけて願った。

「徒《かち》目付ども、なにをしておる」

「はっ」

「ただちに」

目付が苛立《いらだ》ち、下僚を叱った。

あわてて徒目付が大名に近づき、一人が利き腕を押さえた。

「神妙になされよ。ここでの振る舞いは、後日の評定に響きまする」

小声で徒目付の一人が囁《ささや》いた。

「……ならぬか」

大名が泣きそうな声を出した。

「お家が潰《つぶ》れますぞ」

「わかった」

大名が徒目付に促されて、身体を起こした。

「鈴掛《すずかけ》」

「おう」

利き腕を押さえていた徒目付が同僚に合図した。

「お預かりする」

鈴掛と呼ばれた徒目付が、大名の袴《はかま》に差されていた懐刀を取りあげた。

「あっ……」

大名が手を伸ばしかけた。

「お城の座敷を血で汚されることは許されませぬ」

鈴掛が大名の手を払いのけた。

「自裁もできぬか……」

大名が肩の力を落とした。

「後は任せてよいな」

「はっ」

吉良義冬に言われた目付がうなずいた。

「家老にはどのように」

「そうよな。三十日ほどの謹みになろうと」

問うた目付に吉良義冬が答えた。

実際は、謹慎している大名のもとに詰問使が出され、謝罪という名の言いわけを聞き取り、それを大名や旗本を管轄する若年寄、高家、目付の合議にかけて罪が決まる。とはいえ、実際に監察した吉良義冬の意見がそのまま通るのが通例であった。

「承りましてございまする」

目付が首肯した。

「参るぞ、三郎」

「はいっ。父上」

もう大名に興味をなくして歩き出した吉良義冬を、三郎は尊敬の目で見つめながら、その背中を慕った。

二

京では、五摂家《ごせっけ》を始めとする高位の公家《くげ》たちが顔を突き合わせていた。

「主上《しゅじょう》のご様子はいかがか」

一条右大臣教輔《いちじょううだいじんのりすけ》が、次の間の襖際で小さくなっている本道侍医に問うた。

「芳しくございませぬ」

本道侍医が顔を伏せた。

「難しいか」

九条中納言兼晴《くじょうちゅうなごんかねはる》が眉間《みけん》にしわを寄せた。

「ご大統《たいとう》をいかがいたす」

近衛基熙《このえもとひろ》が口を出した。

「まだ官位をいただいておらぬ幼さゆえ今回は咎《とが》めぬが、主上の御宝算《ほうさん》を数え奉るようなまねをいたしてはならぬ」

この座にいるなかでもっとも先達となる関白二条光平《にじょうみつひら》が、近衛基熙を窘《たしな》めた。

近衛基熙は関白を務めていた先代尚嗣《ひさつぐ》が昨年七月に死去したため、家督は継いだがまだ元服もせず、無位無冠であった。

「ですが、ご大統に隙があることは……」

「五摂家に欠けがあってはならぬと呼んだとはいえ、そなたは無位無冠。口出しは遠慮いたせ」

「…………」

口出しを二条光平から厳しく叱責《しっせき》された近衛基熙が唇を噛《か》んだ。

「まあまあ。関白さまよ。童というのは、大人ぶりたいものじゃ。そう叱ってやりなさるな」

一条教輔がなかに入った。

「右大臣、されど不吉なことを口から放つなど、五摂家の者としてふさわしかるまい。今のうちに矯めてやらねば、かえって本人のためにはならぬ」

二条光平が言い返した。

「関白さま。今はそのような些《さ》末《まつ》にかかわっておる間はございませぬ」

九条兼晴が、割って入った。

「中納言の申すとおりじゃ。今は、童にかかわっておる間はない」

諭された二条光平が近衛基熙を一睨《ひとにら》みした。

「…………」

近衛基熙が黙った。

亡くなった近衛尚嗣の後を継ぐ形で関白になった二条光平だが、長くその差を争っていた。

皇室に近い近衛家が慣例どおり、二条家を抑えて関白になり、二条光平は長く左《さ》大臣《だいじん》で留め置かれた。

関白だ左大臣だといったところで、今の、いやすでに朝廷に天下の政《まつりごと》を左右する力はない。ただ、幕府から与えられる禄《ろく》で、朝議という政のまねごとをするしかできないのだが、それが公家たちにより執念を持たせた。

公家たちは少しでも高い官位を手に入れるために、必死になり、一つ格が違うことで大きな差を見せつけるようになっていた。

「ご大統については、主上のお望みのとおりにいたすべきであろうが……」

話を戻した二条光平が苦い顔をした。

今上《きんじょう》天皇には、跡継ぎがいなかった。それを慮《おもんぱか》った今上天皇は、つい先日生まれたばかりの弟宮を儲《もう》けの君《きみ》とした。

「高貴《あて》宮《のみや》識仁《さとひと》さまは、まだ御当歳ぞ」

「五月にお生まれであるから、まだ四カ月」

摂家たちがため息を吐いた。

「幕府が認めるかの」

「無理じゃ」

二条光平の問いに、一条教輔が首を横に振った。

「その童ではないが、もし御宝算を数え終わったとして、四カ月やそこらの帝《みかど》はあり得ぬ。せめて襁褓《むつき》が取れてくださらねば……」

一条教輔が嘆息した。

「藤原《ふじわら》典侍《てんじ》の父園《その》権大納言が出てくるか」

嫌そうな顔を二条光平がした。

高貴宮と称された赤子は、後水尾《ごみずのお》上皇と典侍藤原国子《くにこ》との間に生まれている。その藤原国子の父が園権大納言基音《もとおと》であった。

園家は藤原北家《ほっけ》持明院《じみょういん》庶流で羽林《うりん》と呼ばれる格を持つ。家禄は百八十石、代々権中納言を極官とするさして高いとはいえない家柄であったが、娘藤原国子だけでなく、妹の光子《みつこ》も後水尾天皇の後宮に入れたことで、常にない立身を遂げていた。

「権大納言が外祖父など認められぬわ」

腹立たしげに二条光平が吐き捨てた。

いつの時代も同じで、本朝であろうが、幕府だろうが、唐《とう》の王朝だろうが、ときの権力者の外祖父は優遇される。どころか、実際に政を壟断《ろうだん》することもある。

形だけのものとなって久しい朝議だが、それだけに変化を嫌う。朝議は五摂家のもとで秩序正しく運営されなければならず、娘が天皇の寵愛《ちょうあい》を受けて皇子を生んだくらいでのさばられてはならなかった。

「そもそも園など、権中納言で十分ではないか」

納言と付く役職は朝廷の政に深くかかわることができた。とはいえ、大臣を頂点とした場合、大納言が次官、中納言は式部《しきぶ》や刑部《ぎょうぶ》などの役所の間を取りもつ調停官といったところでしかなく、朝議でもなかなかに発言できない。そして権という文字は、なになに準ずるとか、少し下とかいった意味合いがあった。

「かといって、主上のお望みでございますぞ」

少し黙っていた近衛基熙が発言した。

「そな……」

「それよなあ」

怒鳴りかけた二条光平に一条教輔が被《かぶ》せた。

「むっ」

「主上が高貴宮を日嗣《ひつぎ》の御子《みこ》となされたとあれば、それに従うのが朝臣」

気分を悪くした二条光平をあえて気にせず、一条教輔が悩んだ。

「侍医」

「はっ」

退出を許されていなかった本道侍医に、二条光平が声をかけた。

「ご本復はどうだ」

「かなりお難しいかと、拝診仕りました」

二条光平の問いに本道侍医が今度は真っ直ぐに見上げながら告げた。

「一同、耳を塞《ふさ》がれよ」

聞いてないことにしろと二条光平が他の五摂家に求めた。

「…………」

無言で一同が応じた。

「あとどれくらいじゃ」

「……ひくっ」

声を低くした二条光平に本道侍医が小さく悲鳴をあげた。

もともと侍医は朝廷の医療を司る典薬寮《てんやくりょう》ではなく、内薬司《ないやくし》という役所に属しており、表の役人とのかかわりはほとんどなかった。だが、寛平《かんぴょう》八年（八九六）に典薬寮に併合されて以来、表の影響を強く受けるようになった。天皇の侍医になるには、医師としての腕はもちろん、有力者の引きがなければならなくなった。官位も従六《じゅろく》位《い》下と低いこともあり、五摂家へ抵抗するなど無理であった。

「お診立て申しあげましたところ……」

「ところ……はっきりと申せ。どのくらいじゃ」

まだ言い渋る本道侍医を二条光平が急《せ》かした。

「一月《ひとつき》、二月《ふたつき》は難しいかと」

怒鳴りつけられた本道侍医が答えた。

「三十日から六十日……少なすぎる」

耳を塞いでいたはずの一条教輔が苦く頬をゆがめた。

「日嗣の御子が決まっているだけでもよしとするしかない……か」

「確かにそうであるが……幕府をどうする」

九条兼晴がなんともいえない顔で訊いた。

建前上は征夷大将軍《せいいたいしょうぐん》は朝臣の一人でしかない。朝廷から任じられない限り、徳川は幕府を開くことができず、天下を維持できなかった。

なれど実態は逆であった。

幕府の許可がなければ、高御《たかみ》座《くら》も定めることはできなかった。これは武力というものだけではなく、経済もある。

鎌倉《かまくら》の昔から、朝廷の慶事、弔事の費用は、幕府が出す慣例となっている。かつて足利《あしかが》幕府が天下の権を失い、朝廷の行事を援助できなくなったときは、立太子《りったいし》の儀はもちろん、即位の大礼から大喪さえできなくなった。つまり、朝廷にそれらを独力でおこなう金がなかったのだ。そして、それは今も同じである。

「そのようなことに、お手助けはいたしかねまする」

京都所司代《きょうとしょしだい》板倉《いたくら》周防守《すおうのかみ》重宗《しげむね》が冷たく拒む様子は見えている。

板倉重宗は徳川家康《いえやす》の能吏でやはり長く京都所司代を務めた板倉伊賀守《いがのかみ》勝重《かつしげ》の嫡男である。父伊賀守勝重も敏腕で聞こえたが、その勝重をして優れた役人になると言わしめた板倉重宗は、事実面倒ごとの固まりである京を見事に治めていた。

「江戸へ直接申し出ては」

「鉈屋《なたや》の二の舞ぞ」

九条兼晴の提案を二条光平が一蹴した。

「鉈屋とはなんでござろう」

近衛基熙が尋ねた。

「そうか、そちは知らぬか。まだ、そなたが近衛の嗣子にもなっていないころのことよ」

二条光平が近衛基熙を見た。

近衛基熙は父尚嗣の長男ではあるが、嫡男ではなかった。近衛尚嗣と近衛の女中との間にできた庶子であり、正室で後水尾天皇の皇女二宮《にのみや》をはばかって外へ出されていた。しかし、二宮との間に子なく尚嗣が若死にし、近衛家の跡継ぎとして迎え入れられた。

「鉈屋という豪商があった。まあ、商人というのは金を持つと傲慢《ごうまん》になる。鉈屋も同じで、金でどうにでもできると罪を犯した。それを板倉周防守が捕らえ、牢《ろう》へ入れた。問題は、その後よ。鉈屋の息子たちは周防守を相手にせず、直接江戸へ父の赦免を求めたのよ」

「どうなりましてござる」

　若い近衛基熙が身を乗り出した。

「まだ調べている最中に江戸から鉈屋の一件についての書状が着いた」

「なんと書いてあったのでございましょう」

　ますます近衛基熙が興味を見せた。

「読まずに周防守は鉈屋を死罪にした」

「えっ……」

　二条光平の答えに近衛基熙が啞然《あぜん》とした。

「老中といえば幕府の執政、京都所司代よりも格上でございましょう。その書状を読まぬなど傲慢。なぜそのようなまねを」

　近衛基熙が驚いた。

「見てしまえば、従わずばなるまい。見なければ、思うがままにできる」

「詭弁《きべん》でございまする」

近衛基熙が首を横に振った。

「で、どのような結末に」

「書状には銘屋のやったことは罪ではあるが、厳しく咎めだてるほどのものではないゆえ、よく調べよと書かれていたそうじゃ。当然、書状を無視された老中は怒る。なぜ、従わぬかという詰問をする」

「はい」

「それに周防守はこう答えたのよ。京都所司代は京のことすべてを取り仕切るのが役目。その京都所司代を差し置いて江戸へ訴え、ご執政衆からご指示があり、そのとおりになさねばならぬとおおせならば、拙者は不要でござる。ただちに職を辞しますゆえ、後任をお探しあれと言ってのけた」

「なんとまた……」

二条光平の語りを聞いた近衛基熙が感心した。

「見事よ。見事だがの。我らにとっても難物よ。とても高貴宮さまを次の主上さまとは認めまい」

何度も二条光平が首を横に振った。

「では、江戸へ訴えるのは悪手だと」

「普段ならば。今回はときがなさすぎる。思いきった手を打たねば、皇統に幕府の介入を許す前例となりかねぬ」

「それはならぬ。幼いという理由で拒まれるのはなんとしても避けねばならぬ」

一条教輔も眉間にしわを寄せた。

「内々に問い合わせてみるか」

「それしかあるまい」

「老中となれば、阿倍《あべ》豊後守《ぶんごのかみ》どのか、それとも稲葉《いなば》美濃守《みののかみ》どのか」

五摂家といえども、老中には気を遣う。それでいながら直接やり合う京都所司代は呼び捨てていた。

「いや、老中はまずかろう」

二条光平が手を振った。

「鉈屋の例もあるか」

一条教輔が理解した。

鉈屋の一件があったことで、老中たちは京へ一切の手出しができなくなってしまっていた。つまり、老中がなにを言おうとも、板倉重宗は応じない。

「かえってへそを曲げてしまいかねませんなあ」

九条兼晴が苦笑した。

「かといって皇統を武家の思うがままにさせるわけには参らぬぞ」

関白としてそれだけは認められないと二条光平が強く言った。

「どうであろう、左少将に話をしてみれば」

「左少将……越前松平《えちぜんまつだいら》か。たしかに将軍の一門でかなりの力を持ってはおろうが」

一条教輔の提案に、二条光平は戸惑った。

「いえ、越前ではなく、高家の吉良左近衛少将でござる」

武家の官位は令外《りょうげ》とされており、ほとんど望むものが与えられる。そのためか、越前守が五人いたり、左近衛少将が三人いたりした。

「おおっ、あの吉良か」

二条光平が手を打った。

「昨年、秋の除目で京へ参ったな。高家は、武家のなかではまだ公家をわかっておる」

「朝廷への崇敬も、麿《まろ》が見るかぎり篤うござる」

一条教輔が吉良義冬を褒めた。

「あの左少将ならば、よいかもしれぬ。が、誰を行かせる。武家伝奏《ぶけてんそう》の誰を出そうとも、周防守に知られるぞ」

武家伝奏は、朝廷と幕府を繋《つな》ぐ役目をいい、将軍の上洛《じょうらく》の世話や、武家除目の奏上などを担当した。

「行列を仕立てれば目立つ。なにより武家伝奏は、交代で京都所司代へ詰める」

幕府から朝廷へ、朝廷から幕府へ、なにかを報《しら》せるときはかならず京都所司代を通じてになる。その実務を担当するため、武家伝奏は京都所司代に交代で詰めていた。

「江戸へやるとなれば、すぐに不在が知られるな」

「かといって、勅使ではございませぬし」

「勅使でも院使でもないのだぞ、誰が引き受ける」

九条兼晴の言葉に二条光平がため息を吐いた。

毎年、正月に幕府から朝廷へ年頭の挨拶《あいさつ》の使者が来た。ほとんどの場合、高家がその使者を務める。

そして、返礼使として朝廷から公家が江戸へ下向する。上皇が在るときは院使も出されるが、そうでなければ勅使だけになるが、大行列を組んで京から江戸へ旅をする。

これが勅使あるいは院使となった公家にとって、大いなる収入になった。江戸で幕府からもらえる品だけでなく、朝廷との繋がりを求める大名からの挨拶、それに加えて道中で宿場ごとに献上品が出された。

それこそ、一度勅使あるいは院使をすれば、百両をこえる金になる。

「是非とも麿に」

「かつて一度院使として出ておりまする。子細を承知いたしておりますれば、麿こそ使者にふさわしいと」

毎年、公家が争って勅使、院使になりたがる。

しかし、今回は事情が違った。

「余得がない。どころか目立つなと釘《くぎ》を刺される」

公家にとって、これは厳しい。

「旅の費用もどうするかという問題もある。内証《ないしょう》から出すわけにはいかぬぞ」

内証とは朝廷の勘定のことである。当然、そのすべては京都所司代に握られている。

「我らで出すか」

「…………」

二条光平の案に一同が黙った。

公家最高の格を誇る五摂家といえども、その家禄は二千石内外でしかなかった。金になおして年八百両に及ぶかどうかである。もちろん五摂家には除目での優遇を求める公家、長年の付き合いがある大名、商いに便宜をはかって欲しい商人などから付け届けはあり、実際の年収は数倍になるが、それでも裕福とはいえない。五摂家には、五摂家にふさわしいだけの生活を送らなければならず、衣服一つでも新調すれば数十両から百両はかかる。

決して貧しくはないが、それほど余裕があるというわけではないというのが、五摂家の実情であった。

「麿が参ろう」

静まり返った座に若い声がした。

「童《わっぱ》……」

「なにを申しているのか、わかっておるのか」

他の五摂家があきれた。

「誰も行かぬのだろう。なれば、麿が行く。麿はまだ元服をすましておらぬ。公の場に出なければならぬというわけではない」

「たしかにそうだが……」

本日の会合は五摂家の集まりということで近衛基熙にも声をかけたが、朝議やその他の公式な集まりには、出たくとも出られない。つまりは、京にいてもいなくてもわからないというのが、今の近衛基熙であった。

「しかし……」

「金ならば、世話にならぬ」

まだ渋る者へ、近衛基熙が告げた。

「江戸まで密《ひそ》かに下って戻ってくるだけならば、二十日もあればいけよう。それくらいの金ならある」

近衛基熙が胸を張った。

「……よいのではないかの」

九条兼晴が最初に認めた。

「近衛の者とあれば、左少将も無下にはすまい」

「昨年の秋、左少将が上洛してきたときには、会っておらぬのだろう。近衛を騙《かた》る者だとして、あしらわれるのではないか」

二条光平が懸念を表した。

「それならば、麿を見抜けぬていどの者として、今後扱うまででございまする」

近衛基熙が応じた。

「ふむ……」

しばらく二条光平が考えこんだ。

「……それしかないか」

「まず」

「さよう」

二条光平に一同が賛した。

「よろしかろう。気を付けて参れ。そなたはただ一人の血筋である」

先代近衛尚嗣に子供があれば、身分低い母から生まれた基熙が呼び戻されることはなかった。

「麿に万一あれば、皆様方のお血筋から、お一人選んでくだされば結構。摂関家などもとをたどれば大織冠《たいしよくかん》藤原鎌足《かまたり》公に繋がる一族。それに千年の間に、何度も縁を交わしておりますれば、近衛の血が絶えることはございますまい」

なにかあったところでどうにでもなると、近衛基熙が淡々と述べた。

三

三郎の日課は登城するようになっても減らされはしなかった。

「武こそ侍の本分。礼儀礼法も武があってこそ成り立つ。美しく立つならば、足、腰が強くなければならぬ。身体があってこそ、礼儀礼法は輝く」

吉良義冬は、三郎により厳しい修行を命じた。

「おはようございまする」

夜が明ける一刻（約二時間）前、三郎の部屋に家臣小林平八郎《こばやしへいはちろう》が来て声をかけた。

「……うむ」

三郎はすばやく目を覚ました。

眠いからといって、夜具のなかで愚図愚図していれば、吉良義冬がやってきて、三郎を遠慮なく蹴《け》り飛ばすのだ。

いや、二度ほど蹴り飛ばされた後、三度目は抜き身の太刀で斬りかかられた。

それ以来、三郎はどれだけ辛《つら》かろうが、飛び起きるようにしていた。

「井戸へ参る」

夜着を脱ぎ捨てて、ふんどし一つになった三郎は、庭の井戸で水を頭から浴びた。

「……むっ」

そろそろ冬である。井戸の水は刃物のように、三郎の皮膚を襲う。一杯で十分目は覚めるが、三郎はそれを数度繰り返した。

「若さま」

三郎が桶《おけ》を置くなり、小林平八郎が手ぬぐいを差し出した。

「うむ」

うなずいて受け取った手ぬぐいで水気を拭う。すぐに手ぬぐいは水を吸わなくなるが、それを絞ったりはしない。

「どうぞ」

濡《ぬ》れた手ぬぐいを小林平八郎が受け取り、代わりに乾いた手ぬぐいを渡す。さすがに従者が身体を拭《ふ》くところまではいかないが、大量の手ぬぐいを使うのは高禄旗本の家では当たり前の対応であった。

「稽古《けいこ》場へ行くぞ」

身体を拭いた三郎が小林平八郎の捧《ささ》げていた稽古着を身につけ、歩み始めた。

「お供仕《つかまつ》りまする」

歩き出した三郎の後ろに、小林平八郎が従った。

吉良屋敷は鍛冶橋御門の近くにある関係上、身分に比していささか敷地が狭い。城の外ならば六千坪は与えられるが、城側にそれだけの余裕はなく、二千坪ほどしかない。そこに表御殿、家臣たちの長屋、厩《うまや》に蔵、そして武術場があった。

とはいっても馬術場はなく、弓の射場と剣、槍《やり》の稽古ができる道場しかなかった。

「まずは素振りから」

道場に入ると、腕が上の小林平八郎が指導役になる。

「おう」

言われたとおりに、三郎は木剣を手にし、まずは上段からの振り下ろしを繰り返した。

「次」

「おう」

百回振ったところで、小林平八郎の指示があり、三郎は技を袈裟《けさ》懸けに変える。

これも左右百回振ったところで、下段になり、最後薙《な》ぎ技で素振りを終える。

板張りで火の気が一切ない道場といえども、これだけ振ると汗だくになる。

「休憩」

「ふうう」

小林平八郎の合図で三郎は稽古着をくつろがせ、手で汗を拭《ぬぐ》った。

「では、型稽古に」

「承知」

ここからは小林平八郎を相手に、型の稽古をおこなう。

木剣とはいえ、相手に向けて突き出すのだ。気を抜くと怪我をする。骨折ならまだしも、下手をすれば命にかかわる。

とくに臣下である小林平八郎が、たとえ稽古のうえであったとしても三郎に傷を負わせれば、切腹しなければならなくなる。そうしないためにも三郎は集中した。

「やああ」

「とう」

二人は真剣に木剣を振った。

「……ここまで」

素振りから始めて一刻（約二時間）で、稽古は切りあげられる。

「お疲れさまでございました」

稽古が終わったことで、小林平八郎は従者に戻った。

「ご苦労である」

「ささっ、汗をお流しくださいませ。殿とご一緒に登城なさる刻限が近づいておりまする」

「わかった」

促された三郎が、もう一度井戸へ向かった。

武家の食事は、当主と嫡男が共にし、正室や次男以下の子供たちは別に摂《と》る。

「喰《く》おうぞ」

「はっ」

吉良義冬の声で朝食になる。

食事の最中の発言は礼に反する。吉良家の食事はほとんど無音で終わった。

「ご出立うううう」

独特の尾を引く声を中間《ちゅうげん》が出し、吉良家の正門が開く。吉良家の格式にふさわしい供揃えの行列が江戸城大手《おおて》門《もん》へと歩み出した。

鍛冶橋御門から大手門までは近い。駕籠《かご》に乗るより、歩いたほうが早いのだが、これも格式であった。

「吉良左近衛少将さま」

大手門を通り、中御門から表御殿に上がったところで、お城坊主が大きな声をあげた。

「……」

近くにいた役人や大名が、あわてて道を空けるように左右へ寄った。殿中礼儀を司る吉良義冬に目を付けられては、大事になるからであった。

「……」

その間を目もやらず、吉良義冬が三郎を連れて進んだ。

「おはようござる」

お城坊主が開けた襖を吉良義冬が過ぎた。

「おはようございまする」

三郎は一度、廊下で手を突いて頭を下げ、それから入る。

「おおっ、左少将どの」

品川内膳正が吉良義冬に手をあげた。

「内膳正どの、なにかござったのか」

待ち構えていたような品川内膳正に、吉良義冬が怪訝《けげん》な顔をした。

「美濃守さまが、後ほど高家衆そろって白書院溜《しろしょいんだ》まりまで来るようにとの仰せじゃ」

「なんと御老中さまのお召し。それも高家衆とは、なんでござろう」

品川内膳正の話を聞いた吉良義冬が首をかしげた。

朝廷へ出す書簡などの書式から将軍家のあらゆる儀式の手順についてなど、老中から高家への諮問はままあった。

しかし、普段は一人が御用部屋へ呼び出されるだけで、惣出役はまずなかった。

「わたくしもあいにく。伝えにきたお城坊主もわかっておらぬようで」

品川内膳正も戸惑っていた。

「なにはともあれ、美濃守さまのお召しとあれば、行かざるを得ませぬな」

土岐土佐守がここであれこれ言っても仕方ないと言った。

「たしかに。どれ、参りましょうか。どうやら拙者が最後でござったようでござるゆえな。三郎、留守をいたせ」

「はっ」

腰を上げた父に命じられた三郎が手を突いた。

白書院は黒書院《くろしょいん》と対をなす大座敷で、貴人の応対、大名の参勤交代の挨拶、役人の任免などに使われる。一応、将軍家御座《ござ》の間に近い黒書院が格上とされてはいるが、その使用目的にほとんど差はなかった。

「狭《せも》うござるな」

白書院溜まりに入った品川内膳正が愚痴をこぼした。

溜まりは白書院でおこなわれる行事の準備をする役人の控えの間である。白書院の片隅に付随するように建てられ、大きさは十畳ほどしかない。そこに行事に使用する屏風《びょうぶ》や敷物などが置かれているため、五人も入れば一杯になった。

「なんのことでござろうかの」

土岐土佐守が例のない呼び出しに、不安げな表情を見せた。

「わかりかねますな。秋の除目はすでに決まっておりますし、当番の大沢右京亮《おおさわうきょうのすけ》が出立の準備に入っておりますし……」

「まさか、今から割りこませろとか仰せられまするのでは」

吉良義冬の言葉に、土岐土佐守が怖れを見せた。

すでに除目を願う朝廷へ差しあげる書面は書いてある。家柄、官名などの順で記された書面を訂正するのは大事である。後からの追加なので、最後尾にとはいかないのだ。それこそ、かなり上位に割りこみとなると、全部書き直さなければならなくなるし、朝廷へ納める金の帳面もいじくることになった。

言うまでもないが、老中に割りこみをかけられるほどの人物となれば、従六位下とか従五位の下ですむとは思えない。

つまり、今まで苦労してきたすべてをもう一度やり直すことになる。

「とにかく美濃守さまのお出《い》でを待つしかないの」

品川内膳正が話を終えた。

天下の政をわずか五人ほどで担う老中が多忙を極めていることは周知の事実である。だが、呼び出しておきながら一刻近く放置するのは、わざとであった。

こうすることで老中の激務を報せ、格の違いを思い知らせるのである。

「そろっておるな」

かなり待たせておきながら、詫びの一言もなく、稲葉美濃守が登場した。

「忙しいゆえ、要点だけを話す」

「はっ」

本日の当番高家にあたる品川内膳正が、一同を代表して首肯した。

「主上が病に臥《ふ》しておられることは存じおるな」

「伺っておりまする」

知らないとか、風の噂では聞いているなどと答えると役目をおろそかにしていると咎められる。

品川内膳正が認めた。

「次の帝についてはどのていど知っておるか」

稲葉美濃守が続けて問うた。

「主上が弟の宮さまを儲けの君となされたと聞き及んでおりまする」

やはり品川内膳正が答えた。

「さすがは高家衆である」

「畏《おそ》れ入りまする」

褒めた稲葉美濃守に品川内膳正が頭を下げた。

「聞けば弟の宮……高貴宮さまは当歳のご幼君だという。そのお方で朝廷は保《も》つのか」

「五摂家を始め、朝廷には行事、祀《まつ》りに長《た》けた公家衆がおりますれば、問題はないかと存じまする」

さらに訊かれた品川内膳正が告げた。

「武家《ぶけ》諸法度《しょはっと》はわかっておるな」

「もちろんでございまする」

城中での礼法目付でもある高家は、幕府の出した法すべてに精通していた。

「御上は七歳に満たぬ幼児に家督を認めておらぬ」

「それはっ……」

「なんと」

「ひくっ」

稲葉美濃守の発言に品川内膳正を始めとする高家衆が驚愕した。稲葉美濃守は、高貴宮の即位を受け入れないと言ったのだ。

「畏れながら、御老中さま……」

「では、ご苦労であった」

反論しようとした品川内膳正を無視して、話し終えたと稲葉美濃守が白書院溜まりから出ていった。

「あっ……」

置いていかれた品川内膳正が手を伸ばしかけて、あきらめた。

「内膳正どの、これは」

吉良義冬も混乱していた。

「どういたせば……」

土岐土佐守はうろたえるをこえて、震えあがっていた。

「とりあえず、芙蓉の間に戻ろうぞ」

「いや、待たれい」

腰を上げかけた品川内膳正を吉良義冬が止めた。

「芙蓉の間では、聞き耳を立てられるかも知れぬ。ここならばその怖れはない」

吉良義冬がここで話を続けようと言った。

芙蓉の間には、ときどき用がないかとお城坊主が顔を出した。お城坊主は何かの用事をして、心付けをもらうのが仕事のようなものであるうえ、城中ならばどこにでも出入りができる。

「しばし、立ち入りを禁じる」

などと釘を刺しておけば、入ってくることはないが、今から密談を始めると教えているようなものである。

入らなければいいのだろうと、襖に耳を押しつけて盗み聞きしかねない。なにせお城坊主最大の余得は、心付けではなく、城中で仕入れた密事を売り歩いて得た代金だからだ。

その点でいけば、白書院と黒書院に付属している溜まりの間は別格であった。それぞれの書院で行事があるときは、この溜まりに役人が詰めるとはいえ、普段は無人である。また、それぞれの書院の片隅に付け足された感じで、中庭に向かって出ているため、三方が庭、残りが出入り口となることで他人が近づきにくい。

ようは、溜まりは密談に適した部屋であった。

「そうじゃな。芙蓉の間には、左少将どののご子息もいる」

品川内膳正がうなずいた。

「たしかにまだ巻きこむには若い」

三郎から漏れるかも知れないと暗に言った品川内膳正に、吉良義冬が切り返した。

「…………」

土岐土佐守は二人の遣《や》り取りを無言で流した。

「……美濃守さまのお言葉をどういたそうか」

少しだけ鼻白んだ品川内膳正が話を戻した。

「主上のお望みを無にすることになるが」

「それは無礼千万でございますな」

吉良義冬と土岐土佐守が難しい顔をした。

「こちらから幕府の内意として報せるか」

「大沢右京亮どのが上洛いたすゆえ、そのときに話を通して」

「それは止めたほうがいい」

土岐土佐守の提案を吉良義冬が否定した。

「秋の除目に影響が出かねぬ」

「……たしかに」

言われた土岐土佐守が気付いた。

「幕府が無理を言うてくるならば、こちらが従う義理もなしとなって当然だな」

品川内膳正が同意した。

「ですが、除目の礼金が入らなくなるのは、朝廷にとって痛手でございましょう」

土岐土佐守が首を横に振った。

「皇統と金では引き合わぬだろう。皇統こそ、公家にとっての心柱だからな」

吉良義冬が眉間にしわを寄せた。

「即位の大礼の費用を出さぬと脅せば……」

「言い方に気を付けられよ、土佐守どの」

朝廷を脅すなどと言うのは不敬だと、品川内膳正が土岐土佐守を窘めた。

「でござった」

素直に土岐土佐守が謝罪した。

「即位の大礼の金がなければ、践祚《せんそ》しかできませぬな」

践祚とは、先帝の崩御あるいは譲位によって、皇太子が天皇の位を受け継ぐことを言い、これをすませた後に即位がくる。

正式には践祚の儀という行事があるのだが、皇統を断たせるわけにはいかないという理由から、儀式はおこなわずとも践祚はできた。もちろん、これも朝廷に金がなくなったことによった。

「今時半天子というのもいささか時代遅れでござるしなあ」

品川内膳正がなんともいえない顔をした。

「践祚と即位のどちらかをしていないとそう呼ばれるのでしたか」

「さよう。そのうえ、崩御なされても諡号《しごう》が贈られない」

土岐土佐守の確認に、吉良義冬が応じた。

「ところで、主上にはお筋目、日嗣の御子たるお方はおられぬとわかっておりまするが、ご兄弟は他に」

「何人かおられたはず。後水尾天皇は子宝豊富な方でございましたし」

「十九男十七女であらせられたか」

「なんともお見事な」

一同が感心した。

「主上は第四皇子であられたはず」

吉良義冬が思い出した。

「他にご存命の皇子方を調べねばなりませぬな」

「朝廷にはどのように申しましょうかの」

「除目が終わるまで待つ、でよろしいのではござらぬか」

三人の意見は先延ばしで一致した。

四

越前松平藩では、先代忠昌《ただまさ》の娘婿毛利《もうり》長門守《ながとのかみ》綱広《つなひろ》の言動に困惑していた。

「またも除目へ助力を願ってきたというではないか」

国家老本多《ほんだ》内蔵助《くらのすけ》昌長《まさなが》が苦々しい顔をした。

「この時期に本家と争うわけにはいかぬというに」

本多内蔵助が嘆息した。

越前松平家は運命に翻弄《ほんろう》され続けていた。

まず、初代藩主であった結城《ゆうき》秀康《ひでやす》が、徳川家康の次男ながら、長男信康《のぶやす》亡き後嫡男とされなかった。

秀康は徳川家康の側室お万《まん》の方から産まれた。今川義元《いまがわよしもと》の養女であった正室の築《つき》山殿《やまどの》への遠慮から、秀康は生まれる前から城を出され、生誕後も家臣本多重次《ほんだしげつぐ》のもとで扶育され、家康との対面も許されなかった。

「父としての責任を果たされませ」

弟がいることを知った信康が無理矢理に対面をさせ、親子であると認めさせた。おかげで秀康は公子として城に迎えられた。

その秀康が六歳のとき、信康が武田《たけだ》家内通の疑いをもって、切腹させられた。となれば、次男の秀康が嫡男になる。このとき二代将軍となった秀忠《ひでただ》は生まれたばかりで、とても跡継ぎたれない。

されど家康は、嫡男を指名しなかった。

戦国乱世で跡継ぎが定まっていないのは、お家騒動のもとになる。当主が戦場に直接出向くのが当たり前であり、討ち死にすることも多い。そんなときに跡継ぎが決まっていなければ、秀康、秀忠に割れて家臣たちが争う。ひどいときは、家康の子息ではなく、一族の誰かが本家乗っ取りを企《たくら》む。あるいは、家臣が好機とばかりに、下剋上《げこくじょう》を起こすか。とにかくろくな事にならないとわかっている。家康自身が幼くして父を亡くし、苦労した経験を持ちながら、なぜか家康は跡継ぎの指名を先延ばしにした。

その後、織田《おだ》信長《のぶなが》が本能寺《ほんのうじ》の変で斃《たお》れ、豊臣秀吉《とよとみひでよし》が天下人となったとき、家康は秀康を人質として差し出した。

これが大きな転換を呼んだ。

戦国武将たる気質を強く持っていた秀康は、武を誇るとともにかなりの乱暴者であった。

「とても手に負えん」

当初豊臣の姓を与え、子供の一人として扱っていた秀吉も音をあげ、関東の名族ながら落ちぶれていた結城家へ養子に押しつけた。

こうして秀康は、松平秀康から豊臣秀康を経て、結城秀康となった。

「他姓を継ぎし者に徳川の家を継ぐ権はない」

これを待っていたかのように、家康は三男秀忠を跡継ぎにした。

とはいえ、結城秀康が重要な一門であることはまちがいない。関ケ原《せきがはら》の合戦で天下の権を勝ち取った家康は、結城秀康に越前一国を与え、大坂《おおさか》と京への抑えとした。

この後豊臣家が滅び、それを最後の仕事と家康もこの世を去った。

「制外の家とする」

兄をこえて将軍となった秀忠は、越前家を格別な家柄として扱い、武家諸法度にも従わなくともよいとした。

「不満である」

その扱いで我慢していればよかったものを、秀康の跡を継いだ忠直《ただなお》が不足を言い立てた。

父秀康の血を色濃く受け継いだ忠直は、大坂夏の陣で活躍したにもかかわらず、官位昇格と茶器だけしか褒賞として与えられなかったことに文句を付けた。

「大坂城と百万石を預けられたし」

忠直は幕府へ要求したが、認められるはずもなかった。

権力者にとって最大の敵は、外様大名ではなく身内だからである。ましてや越前松平家には、将軍の兄だという大義名分がある。他姓を継いだ者は徳川を名乗れぬなど、当時としては笑止千万であり、養子縁組や婿入りを否定する常識外れの家訓でしかなかった。

天皇家でさえ、直系だけで継承を続けてきたわけではないのだ。秀忠にとって、弟たち御三家は敵ではなく、越前松平こそ、その地位を狙う恐怖であった。

「吾《われ》のもとへ集え」

大坂城と百万石という大領を得た忠直が謀叛《むほん》の号令をかければ、西から南への大名が集まりかねない。

「…………」

幕府は忠直の要求を無視した。

「おのれ、信賞必罰こそ政の根本と知らぬか」

不満を募らせた忠直は、家臣を手討ちにしたり、参勤交代を無視したりした。

「国主に能わず」

ついに幕府は忠直を咎め、豊後《ぶんご》萩原《はぎわら》へ流罪にした。さらに一度越前藩を改易、あらためて忠直の弟忠昌に半知《はんち》で藩を立てさせた。

「補佐足らず」

さらに本多家を始めとする付け家老たちにも罰を与え、領地を半分取りあげた。

そのときの痛い思いが、越前松平家をいまだに支配していた。

「当家を巻きこむな」

本多内蔵助が吐き捨てた。

「ですが、千《せん》姫さまのお嫁ぎ先でもございます」

藩士が本多内蔵助を宥《なだ》めるように言った。

「先代さまの姫さまがお輿入《こしい》れになられたところだということも、当家の縁戚として毛利家がふさわしいというのもわかっておる。しかし、長門守さまがふさわしいかどうかは別のことぞ」

本多内蔵助が毛利長門守をけなした。

「前年の除目を拒まれたならば、三年はおとなしくするか、誰もが認めるだけの功績をなすかでなければ、昇爵は認められまい」

慣例と言えるほど幕府が設立されて年数が経っているわけではないが、それでも暗黙の了解のようなものはいくつもできていた。

「まあ、それも毛利家だけですむというならば、まだいい。高家への圧力を求めてくるわ、金を出してくれと言ってくるわ、話にならぬ」

「…………」

本多内蔵助の憤りに、藩士が黙った。

「まったく……」

「どのようなことを長門守さまはお求めに」

怒りの収まらない本多内蔵助に藩士が問うた。

「まもなく、京で秋の除目が始まるであろう」

「はい。そろそろでございましょうか」

もう九月になり、秋も終わりに近い。

「今年の使者が京に着いたところで、越前藩から話をしてくれとの要求じゃ。福井《ふくい》からならば京まで一日、容易なことであろうともな」

「……それは」

一日とはいえ、朝廷の重鎮たちと膝《ひざ》詰めで談判できる藩の重臣を派遣しろというのは、無茶苦茶な要求であった。

これがまだ逆なれば、目も瞑《つぶ》れる。

戦国の雄毛利家といえども徳川の天下のもとでは肩身の狭い外様大名でしかなく、徳川家康の血を引く越前松平家とは立場が違う。

「しかも、公家への挨拶金は当家に頼むと」

「あまりでございますな」

家臣もあきれた。

「当然、断った」

本多内蔵助が苦渋に満ちた顔をした。

「国《くに》姫さまとの婚姻が近いときに……御上を怒らせるようなまねをするわけにはいかぬ」

「まさに」

家臣も首肯した。

越前松平家の当主越前守光通《みつみち》は、同門の越後《えちご》高田《たかだ》藩松平越後守光長《みつなが》の娘国姫との間で婚姻を約していた。

越前藩と越後高田藩が繋がるのを避けたかった一部幕府の重臣や、松平光長による藩政への介入を嫌った越前藩の家老や用人たちの反対で、なかなか婚姻にいたっていなかった。

「婚姻は御上が認めたもの」

忠直の正室で二代将軍秀忠の娘勝《かつ》姫が、この婚姻に執着した。

勝姫と光通との間に血縁はないが、越後高田家の光長を産んでいる。つまり国姫は勝姫の孫にあたった。

勝姫は直系の孫になる国姫と、亡夫松平忠直が失った国を継いだ光通との縁をどうしても繋ぎたかったのだ。

幕府と越前松平家との反発も、家康の孫娘の要望には勝てなかった。

まず幕府が折れた。

「婚姻を認める」

だが、幕府は面白くない。できれば、一門同士の強固な繋がりとなる婚姻をさせたくなかったのだ。

減らされたとはいえ越前松平は四十五万石、越後高田藩は二十六万石、一門としては御三家尾張《おわり》家、紀州《きしゅう》家に次ぐ大藩であり、しかも両方ともに要地である。

越前松平家は天下という名分を武家に与える朝廷の住まう京に近く、越後高田藩は北国《ほっこく》街道の要所にある。

そして越前藩松平家も越後高田藩松平家も、ともに加賀百万石への備えでもあった。

越前藩松平家は加賀が京へ出るのを防ぎ、越後高田藩は加賀藩の江戸侵攻を止める。

「ともに組むべし」

もし、加賀藩とこの両藩が手を組めば、幕府は危険にさらされる。

「同じ血を引く者である」

加賀藩も二代利常《としつね》に秀忠の娘が嫁いでいる。そして生まれた光高《みつたか》は早死にしてしまうが、一子綱紀《つなのり》を残した。そう、加賀藩前田《まえだ》家の五代当主綱紀は、秀忠の曾孫《ひまご》にあたるのだ。

もし、この三家が合同すれば幕府は危急に陥る。

まず、西国の諸藩はあてにできない。御三家も尾張家、紀州家ともに一度謀叛を疑われ、咎めを喰らっている。幕府のために兵を出すかどうか、不安がある。御三家の水戸《みと》は幕府に従うだろうが、兵は動かせない。なにせ、水戸の背後には最後の最後まで徳川家康に疑われた奥州《おうしゅう》の雄伊達《だて》がある。他に関ヶ原で百二十万石を三十万石へ減らされた恨みを抱える上杉《うえすぎ》、住み慣れた常陸《ひたち》を奪われ、秋田《あきた》へ移された佐《さ》竹《たけ》など、幕府に思うところのある外様大名がいる。

光通と国姫の婚姻の影響は、幕府倒壊の可能性を秘めていた。

「なんとしてでも婚姻を遅らせねば」

両家が一つになることに危惧《きぐ》を持っている宿老たちは、あらゆる手を使って婚姻を遅らせようとした。

勝姫の強要で婚礼は決まっている。それを破談にしようとしたら、勝姫の怒りを買うことになる。相手は家康の孫なのだ。

「あの者は、妾《わらわ》の願いを無にした」

そう言い立てられれば、老中といえども無事ではすまなくなる。少なくともお役ご免、運が悪ければ改易となりかねない。

「延ばしているうちに、どちらかが病にならぬとも限らぬ」

医者はいても糸脈に頼るような連中である。手首に絹の布を付けた上を絹糸で数回巻き、その先を隣室の襖陰から引っ張って、脈を診るというのが糸脈である。高貴なお方の肌に直接触るのは無礼だとして編み出されたものだが、本道の名医と呼ばれる連中が、一生懸命に糸を引いては緩めしている姿は、少しものの見える者にとっては滑稽《こっけい》でしかなかった。

当たり前ながら、こんな医者に診察されたのでは治る病も死病になる。とくに女は病に弱い。

「越前家に傷はないか。婚姻を破談にさせるだけの」

他にも方法はある。越前松平藩に苦情を付けて、藩主を隠居に持ちこめば、婚姻を為《な》したところで、脅威ではなくなる。

未婚の光通の跡継ぎはいないのだ。幕府から都合の良い血筋の者を押しつければいい。将軍の命となれば拒否はできないし、冷や飯食いから越前藩ほどの大藩の主になれた恩を新藩主は感じ、幕府の言いなりになる。

「これ以上、幕府の思うがままにされてたまるか」

本多内蔵助が強い口調で言った。

「宇野《うの》、念のため、心きいたる者を京屋敷へ向かわせよ。長門守が当家の名前を勝手に使うやも知れぬ」

「そこまでなさいますか」

親藩中の親藩の名前を無断で使えば、きつく咎めがいく。

「やりかねん、長門守はそこまで愚かだ」

首をかしげた藩士に、本多内蔵助が断じた。

第二章　古き影

一

毛利《もうり》長門守《ながとのかみ》の機嫌は悪かった。

昨年に続いて、今年も昇爵《しょうしゃく》を願ったが拒まれたのだ。

「今年はちゃんとしたのであろうな」

用人を呼び出した毛利長門守が問うた。

「はい。今年は大沢右京亮《おおさわうきょうのすけ》さまがご正使をお務めになられると伺いましたので、ご挨拶《あいさつ》をいたしましてございまする」

「どのくらいした。昨年の吉良《きら》へのような恥は掻《か》いておるまいな」

「もちろんでございまする。今年は百金と白絹十二反を音物《いんもつ》として持参いたしましてございまする」

「うむ」

満足そうに毛利長門守が首肯した。

「昨年が金子三十両と白絹三反でございましたので、今年は十分かと」

用人が胸を張った。

昨年吉良家への音物を少なくしたおかげで、毛利長門守の従四位下《じゅしいのげ》への昇爵は消えた。

もちろん、音物が少なかっただけではなく、毛利元就《もとなり》の子孫を誇りに武家諸法度《ぶけしょはっと》を無視するようなまねを繰り返した毛利長門守の行動に幕閣が眉《まゆ》をひそめたのが大きい。

だが、本人ほど己のおこないを省みないものである。

毛利長門守は、昇爵から外されたのは、偏《ひとえ》に音物が少なかったことを根に持った吉良家の嫌がらせだと思っていた。

「御上では御行状について、なにかと噂になっているようでございまする」

三郎《さぶろう》から毛利長門守が危険視されていると聞かされた江戸《えど》家老福原《ふくはら》は、諫言《かんげん》をしていた。

「ならば、なぜ余に直接申してこぬのだ。もらえるものが少なかった吉良の嫌がらせじゃ、そのようなことを気にするとは、家老としていかがか」

毛利長門守は、福原の戒めを偽りだと断じた。

「…………」

福原はそれ以上言えなかった。

そして、昨年吉良家への音物を手配した用人は、昇爵を認められなかった責任を問われ、職を解かれたうえ、国元へ帰されていた。

となると後継者は萎縮《いしゅく》する。

武士にとって主君の機嫌は、生殺与奪を左右する。新しく用人に就任した藩士は、最初から毛利長門守に萎縮していた。

「まだ上使は発《た》っておらぬな」

「はい。大沢さまにお問い合わせいたしましたところ、出立は先勝の日の朝になさるとか」

「ということは、明後日か」

用人の答えに、毛利長門守がうなずいた。

「それまでになんとかいたせ」

「昨日もお願いにあがりましたが……もう書状は封じてあるゆえ、あらたに書き加えることはできぬと」

「それをなんとかするのが、用人たるそなたの仕事であろう」

「申しわけありませぬ」

怒声を浴びせられた用人が小さくなった。

「そなたわかっておらぬようじゃな。昨年、余は知り合いの大名どもに、まもなく従四位下になると言っておったのだ。それがならなかった。おかげで余は笑い者よ。これで今年もならねば、恥どころの騒ぎではない。余だけではなく、毛利家全体が嘲笑《ちょうしょう》されるのだぞ。その意味をわかっておるのか」

「し、承知いたしております」

震えながら用人が応じた。

「ならば、どうにかいたせ」

「……」

手段などあろうはずもない。用人は黙った。

「越前松平《えちぜんまつだいら》を使えばよかろう。越前松平は母の里である。余の言うことを無下にはすまい」

「…………」

すでに越前藩松平家に助力を頼んで断られている。

返答のしようもなく、用人は黙り続けた。

「なんとかいたせ。できねば、そなたも、前任者と同じ道をたどることになる。いや、前任者ていどではないと知れ。見せしめになっていなかったのだからな。より厳しくせねば、そなたの次も使えぬことになりかねぬ」

「と、殿……」

前任者よりも酷《むご》い目に遭わせると言われた用人が、蒼白《そうはく》になった。

「行けっ。余に慈悲を願う間があれば、手を打て」

毛利長門守が犬を追うように手を振った。

「ええい、腹立たしい。藩主が辛《つら》い思いをしておるというのに、家臣どもはまったく気に留めてさえおらぬ。やれ、戦国のころ遠祖元就公が陶晴賢《すえはるかた》に戦いを挑んだとき、わずか一千あまりの兵で一万をこえる陶軍を命がけで止め、村上《むらかみ》水軍が来るまで保《も》たせたという忠勇無双の者どもの子孫が、あれではの。草場の陰で元就公も嘆いておられることであろう」

大げさに毛利長門守が嘆いた。

「誰ぞ、余に先祖をこえる忠義を見せてくれる者はおらぬのか」

御座《ござ》の間に控えている小姓《こしょう》、近習《きんじゅ》を毛利長門守が見回した。

「畏《おそ》れながら……」

御座の間ではなく、廊下から応じる声がした。

「おおっ、誰じゃ、顔を見せい」

喜んで毛利長門守が廊下に顔を向けた。

「鞆初衛門《ともはつえもん》と申しまする」

「……見覚えがないの」

「控えよ。そなたの身分で御前に顔を出すなど無礼である」

「お目見えできぬ小者《こもの》の分際で、御座の間に伺候するなど許されぬ」

首をかしげた毛利長門守に、気付いた近習たちがあわてて鞆を排除しようとした。

「かまうな」

毛利長門守が近習たちを制した。

「鞆と申したの。何役を務めておる」

「はっ。瀬木《せき》衆が一人でございまする」

「瀬木……あの世鬼《せき》か」

聞いた毛利長門守が確かめた。

「さようでございまする」

鞆初衛門が首肯した。

「あの世鬼が江戸にもおったのか」

毛利長門守が驚いた。

世鬼とは、毛利元就が使っていた安芸《あき》の山穿《やまが》衆のことである。山穿という字からもわかるように、鉱山を掘る山師であった。

険しい山谷を駆け巡り、熊や蛇などから身を守る術を身につけた世鬼衆を、毛利元就は忍として召し抱え、使嗾《しそう》していた。

だが、戦国の世は終わってしまった。

かつて徳川《とくがわ》と肩を並べた戦国大名も、今や外様《とざま》という省かれ者に落ちている。その外様が忍の集団を抱えているというのは、徳川に叛意《はんい》ありと受け取られかねないため、どこともかかわりを断っていた。

もっとも、実際に関係を完全になくしたのは、関東で風魔《ふうま》を抱えていた北条《ほうじょう》家だけである。さすがに和泉《いずみ》の国へ移されたうえ、わずか一万石の領地では、とても忍を雇い続けることはできない。

それ以外の上杉《うえすぎ》、伊達《だて》、島津《しまづ》などは、忍を放逐したような顔をしながら、小者、足軽、あるいは隠れ里の百姓として抱え続けている。

毛利家も世鬼衆を瀬木と変えて、足軽として残していた。

「吉良に思い知らせてくれるか」

「お望みのとおりにいたしまする」

「殿っ」

頼んだ毛利長門守に鞆初衛門が応じたところで、小姓の一人が割って入った。

「吉良さまは、将軍家のご一門。その吉良さまになにかあったとなれば、御上が黙っておりませぬ」

「御上などと申すな。毛利家にとって主《あるじ》となるのは主上《しゅじょう》のみじゃ。幕府は幕府でよい」

小姓を毛利長門守が叱った。

「…………」

話から逸《そ》れたところで叱られた小姓が鼻白んだ。

「鞆初衛門、そなたはなにができる」

「どのような壁でも知られずにこえられまする。床下、天井で十日は飲まず食わずで忍べまする」

「武術はどうじゃ」

「弓でございましたら、二十間（約三十六メートル）離れた的の中心を射貫けまする。槍《やり》は得手ではございませぬが、小太刀ならばいささかの心得がございまする」

毛利長門守に訊《き》かれた鞆初衛門が答えた。

「吉良左少将《さしょうしょう》を射貫けるか」

「一矢にて」

「なにを言う、控えよ、鞆」

うなずいた鞆初衛門を小姓が抑えようとした。

「口出しをするな」

毛利長門守が小姓たちを睨《にら》みつけた。

「……申しわけございませぬ」

主君を怒らせれば、身の破滅に繋《つな》がる。小姓があわてて謝罪した。

「ふん」

小姓の謝罪を鼻であしらって、毛利長門守が命じた。

「他人《ひと》払《ばら》いをいたせ」

「殿……」

「それは」

「聞こえなかったのか」

命に拒否の姿勢を見せかけた家臣たちを、毛利長門守が脅した。

「………」

目で合図し合った、小姓たちが御座の間を出ていった。

「馬鹿をいたすなよ」

「名前は覚えた」

鞆初衛門の近くを通るときに、小姓たちが釘《くぎ》を刺した。

「要らぬことを申すな」

毛利長門守が機嫌の悪い声を出した。

「……まったく、誰が主君だと思っておるのだ」

腹立たしげに毛利長門守が吐き捨てた。

「まあよいわ。役立たずどもは国元へ追い返せばいい」

毛利長門守が小姓たちの背中から、鞆初衛門へと目を移した。

「近《ちこ》う寄れ」

「はっ」

手招きした毛利長門守に鞆初衛門が応じた。

二

高家《こうけ》見習いは、毎日登城しなかった。

連日だと、他の高家がうるさがるのだ。まったく相手にされていないとはいえ、余計な者が同じ座敷にいては、気が休まらなかった。

もっとも、公家《くげ》を相手にするという高家が、仲間だけしかいないからといって油断はできない。高家という特殊な家柄であるため、他の旗本のように出世して大目《おおめ》付《つけ》だとか留守居《るすい》とかに転じていくことはなかった。

その点だけでいえば、同僚の足を引っ張ることはないといえるが、その他の部分で敵対している。

まず家柄である。高家とはいえ、その出自によって格が生まれるのは当然といえた。とくに今川《いまがわ》や吉良のように、遡《さかのぼ》れば将軍家と祖を同じくする高家は、幕府のなかでも特別な扱いを受ける。

続いて、先祖の出自である。土岐《とき》家は土岐源氏《げんじ》と呼ばれ、代々美濃《みの》の国守を務めてきた家柄であるし、大沢家は羽林《うりん》と呼ばれる格を持つ公家の流れを汲み、品川《しながわ》家は今川家の分家になる。

この格は代々受け継いでいくもので、決して上がることはない。娘がいても高家では将軍の御台所《みだいどころ》にはなれないし、側室として差し出すこともできなかった。

家格が高すぎ、大奥へ入れて女中にするには都合が悪いからであった。従四位下《じゅしいのげ》の娘を大奥に入れるとなると、上臈《じょうろう》、年寄《としより》のどちらかでないと釣り合いが取れない。

京《きょう》から将軍の側に侍るために下向する公家の姫は、大奥の礼法指導という名目を持って上臈としてやってくる。そして、大奥はなぜか京風を重んじ、武家風を拒むため、高家の姫を礼法指導としては送りこめないのだ。

この日、三郎は小林平八郎《こばやしへいはちろう》を供に、剣の師匠である紙屋伝心斎《かみやでんしんさい》のもとを訪れていた。

「ご無沙汰《ぶさた》をいたしております」

無位無冠の牢人《ろうにん》である紙屋伝心斎とはいえ、三郎にとっては師にあたる。

「稽古《けいこ》に精進し、指導には素直に従う」

将軍家でさえ、剣術指南役柳生《やぎゅう》家へ誓紙を出すくらいなのだ。まだ家督を継いでいない三郎が、紙屋伝心斎の前に手を突いても不思議ではなかった。

「よくぞ、参られた。御用がお忙しいのではございませぬか」

紙屋伝心斎も他の弟子とは一線を画した対応を三郎にはしていた。

「どれ、稽古と参りましょうか」

「お願いを申しあげまする」

三郎くらいになると道場に置かれている木剣などは使わない。他人が稽古で使って、なかにひびが入っているかも知れないのだ。借りた木剣の傷に気付かず、打ち合って怪我をすることもある。

「どうぞ」

小林平八郎が持ってきていた木剣を袋から出し、三郎の前に差し出した。

「うむ」

受け取った三郎が、道場の中央へと向かった。

「参るがよい」

紙屋伝心斎は手に細い杖《つえ》を持ち、三郎を促した。

「では……おう」

格の違う相手と戦うときは、気迫を己のなかで強めていかなければならない。肚《はら》に力を入れず、ふらっとしていれば、紙屋伝心斎の一睨みで腰が抜ける。

三郎は剣の達人ではないが、紙屋伝心斎と己の差がどれほど大きいかを理解できるていどには、修練を積んでいた。

「………」

三郎の腹から出た気合いを流して、紙屋伝心斎は杖を下段へと垂らした。

「むう」

下段からの斬りあげは、刀の重さの分だけ遅くなる。しかし、間合いが近づけば、下段の太刀は見にくく、対処がしにくい。

「やああ」

三郎は紙屋伝心斎の杖の先を左足で踏むつもりで、大きく踏みこみ、わずかにあげた木剣の切っ先を鋭く振り落とした。

「ふっ」

杖の先を左にずらし、踏まれるのを避けた紙屋伝心斎は、そのまま逆袈裟《けさ》に斬りあげた。

「おわっ」

身体をひねって杖をかわしたが、三郎の体勢は崩れ、繰り出した一撃は中途半端なものとなり、空を切った。

「目が狭い」

一言告げて、紙屋伝心斎の杖先が翻り、三郎の左肩を打った。

「ま、参った」

三郎が木剣を持った左手を背中に回して、一礼した。

「思っていたより、剣先が鋭うございましたの。稽古を欠かされなんだようで重畳」

紙屋伝心斎が三郎をまず褒めた。

「なれど、己が打つと決めたところを睨みつけるのはよろしくござらぬ。注視することで、人はそこしか見えなくなる。いや、正確には見えていても、それがなにを意味しているかを考えなくなる。それでは、相手の動きに応じられませぬ」

一つところに集中しすぎては駄目だと、紙屋伝心斎が教えた。

「はい。お教え心いたしまする」

三郎がすなおに受け入れた。

「では、平八郎、来よ」

紙屋伝心斎が小林平八郎を招いた。

「若さま」

「教えていただけ」

同門とはいえ、小林平八郎は吉良の家臣である。供という任から外れるときは、三郎の了解が要った。

「お願いを仕《つかまつ》りまする」

「遠慮なく来い」

小林平八郎と紙屋伝心斎の稽古試合は、いきなり始まった。

「とうやあ」

一礼した小林平八郎が、そのまま一気に間合いを詰めた。

「おおう」

三郎のときには応じなかった紙屋伝心斎が、小林平八郎の気合いに返した。

「……しゃあ」

間合いに入った小林平八郎が、木剣で突いた。

「ふん」

鼻で笑って、紙屋伝心斎が半歩右へずれ、これを避けた。

「なんの」

外された木剣をそのまま引き戻しつつ、首の筋を小林平八郎が狙った。

「見えておるわ」

すっと杖を首と木剣の間に差しこみ、紙屋伝心斎が小林平八郎の一撃を逸らせる。

「くっ」

策破れた小林平八郎が唇を噛《か》みながら、受け流された木剣を腕の力だけで支えた。

「そこじゃ」

紙屋伝心斎が、腕に力を集めた小林平八郎に体当たりを喰《く》らわせた。

「うわっ」

重心のずれたところに体当たりをされた小林平八郎が、羽目板に向かって吹き飛ばされた。

「ま、参りました」

打ちつけた背中の痛みに顔をゆがめながら、小林平八郎が頭《こうべ》を垂れた。

「策は二の矢、三の矢まで用意してから発動せねば、一の矢だけでは外されたときにどうしようもなくなる」

「はい」

「されど、腕はあがっておるな。そなたも三郎どのと一緒に修練を怠けてはいなかったようである」

「かたじけのうございまする」

師に褒められた小林平八郎が礼を述べた。

「もう一度いたそうか、三郎どの」

「お願いをいたしまする」

十分休めただろうと促した紙屋伝心斎に、三郎が勇んで挑んだ。

「これまでにいたす」

半刻《はんとき》（約一時間）ほど、三郎と小林平八郎を鍛えていた紙屋伝心斎が、稽古の終わりを宣した。

「あ、ありがとうございました」

三郎は荒い息を吐きながら、なんとか立ったままで謝することができた。

「井戸へ行くがよい」

道場にはどこでも、すぐ近くに井戸があり、いつでも水が呑《の》め、身体を拭《ふ》けるようになっていた。

「畏れ入りまする」

勧められた三郎が、小林平八郎に伴われて井戸へ向かった。

「よく、お保ちになられました」

釣瓶《つるべ》に水を汲みあげながら、小林平八郎が感心した。

「……手加減いただいたからよ。そなたこそ、なかなかに動けていたではないか」

釣瓶から直接水を飲んだ三郎が小林平八郎を褒めた。

「わたくしは、若さまがご登城なされている間に、稽古できますゆえ」

小林平八郎が手を振った。

「しかし、師はまことに人をこえておられる」

「はい。今も、まったく息一つ乱れてはおられませんでした」

二人して紙屋伝心斎のすさまじさに感心した。

「では、これにて」

稽古を終えた三郎が、紙屋伝心斎に辞去の挨拶をした。

「精進なされよ。最初の一撃を受け止められるかどうかで、生き延びられるか、命を失うかが決まりますぞ」

「はい」

「平八郎、そなたはときをかけず、相手を一撃で屠《ほふ》る修行を重ねよ。主の危険に駆けつけられるよう、一撃を重くいたせ」

「お言葉かたじけなく」

紙屋伝心斎の訓に、三郎と小林平八郎がうなずいた。

道場を出た二人を、鞆初衛門が見ていた。

「一人では厳しいな」

鞆初衛門は、毛利長門守から吉良に恥を掻かせるようにと命じられていた。

「高家は幕府の顔、下手なことをすれば目付が動く」

吉良に喧嘩《けんか》を売るのは、幕府の権威に傷を付けるに等しい。

「だが、息子ならば、さほどのことはあるまい」

家督を継ぐまで、幕府はあまり大名、旗本の子供に注意していない。

「殺すな。ただ、他人《ひと》の前に出られぬようにしてくれればよい。耳を落とす、鼻を削《そ》ぐ、顔に大きな傷を付けるでもよい」

三郎が高家見習いとして城中に顔を出していることを、毛利長門守は知っていた。

「なんなら手足の二本ぐらいでもよいぞ。野盗の振りをして襲えば、文句も言えまい」

武士には面目がある。とくに旗本には、天下の将軍の家臣だという矜持《きょうじ》があり、病ならばまだしも、襲われたことで怪我をしたとはまず公表しなかった。

「武道に劣っておる」

「そのていどで、将軍家のお役に立てるわけなどなかろう」

野盗に襲われて、殺されでもしたら、旗本としての誇りに傷が付く。

「お付き合いは今後遠慮願おう」

「縁談のことだが、なかったものにしていただきたい」

旗本のなかから弾《はじ》き出されるだけならまだしも、

「おぼし召されるところこれあり」

はっきりとした理由さえ示されず、家格を目見え以下に落とされたり、知行を減らされたりすることもあった。

「お任せを」

毛利長門守の指図を鞆初衛門は受け、まず三郎の行動を確認していた。

「あそこは直心《じきしん》流紙屋伝心斎の道場。そこから出てきたということは、吉良の息子は紙屋伝心斎の教えを受けている……」

名人紙屋伝心斎の腕は、江戸に響いている。

「どのていど使えるかだ」

襲う側にしてみれば、三郎の実力を知りたいのは当然であった。

「まさかと思うが、吾《われ》より強いということはないだろうな」

鞆初衛門は警戒した。

安芸の一国人でしかなかった毛利元就が、一代で中国から九州へと版図を広げ、一時は十ヵ国以上支配する大大名に成りあがった。

その偉業を陰から支えたのが、世鬼衆なのだ。決して敵を侮らず、徹底して調べあげる習慣は瀬木衆にも受け継がれていた。

「ふむ」

鞆初衛門が懐に手を入れ、毛利長門守から与えられた金に触れた。

「思うように遣えとくださった三両……ならば」

大事そうに、鞆初衛門が小判を一枚取り出した。

「……これもお役目を果たすため」

惜しそうに小判をもう一度見た鞆初衛門が、駆け出した。

紙屋伝心斎の稽古で疲れ果てているが、どこで誰が見ているとも限らない。三郎は胸を張り、目を真っ直ぐ前に向けて歩いていた。

「若さま」

後に従っていた小林平八郎が警告の声を発した。

「どうした……これは」

いつの間にか三方から牢人が三郎たちを取り囲んでいた。

「卒爾《そつじ》ながら……」

正面の牢人が三郎に話しかけた。

「何用じゃ」

「見てのとおり、我らは主家を失い浪々の身となった者でござる。拝見したところ、貴殿は名のあるお家のお血筋の方とお見受けする。いかがでござろう。我らを哀れと思《おぼ》し召し、仕官させてはくださいませぬか」

ていねいな口調で牢人が求めた。

「素性も腕もわからぬ者を雇い入れるわけには参らぬ」

三郎が拒んだ。

「たしかにそうでござるな」

あっさりと牢人が認めた。

「では、腕前をお見せするとしよう。ああ、我ら三人は金で雇われた身でござってな。貴殿になんの意趣遺恨もござらぬ」

「なにっ」

「いかがでござろうか、一人に一両お出しくだされば、なにもなく帰りまするが」

牢人が交渉を持ちかけた。

「雇い主を裏切ると申すか」

「裏切るとか節操がないとか、そのようなものは飢えた経験のない者が言うきれいごとでござるよ。三日飯が喰えずにおれば、一つの握り飯のために親兄弟でも売り払いますぞ。まあ、貴殿には死ぬまでわからぬことでございましょうが」

咎《とが》めるような口調の三郎に、牢人が嘲笑を浮かべた。

「無礼であろう」

小林平八郎が割って入った。

「忠義な従者どのだの。では、交渉は決裂ということでよろしいな」

牢人が淡々と告げた。

「小野《おの》、五村《いつむら》、できるだけ着物に傷を付けるなよ。あれはいい値で売れる」

「わかっておる。穴一つ開けぬようにはするが、血の汚れはしかたないぞ」

「頭を刀の峰で強打すれば、血は出ぬぞ」

牢人の指示に、仲間の牢人が世間話をかわすかのように言った。

「平八郎」

「お任せをくださいませ」

三郎が下がり、代わって小林平八郎が前に出た。

「やる気らしい。従者だけなら見逃してもよいぞ。さほどの身形《みなり》でもないしの」

牢人が口の端を吊《つ》り上げた。

「…………」

挑発に乗るほど、小林平八郎は経験が浅くはなかった。無言で太刀の鯉口《こいぐち》を切った。

「こいつ、慣れているぞ」

太刀を抜いたあと草履を脱ぎ捨てた小林平八郎に、牢人が目を大きくした。

「真剣だぞ。最後の戦から四十年、その若造が戦を知っているはずはない」

「天草《あまくさ》のことがあるぞ」

牢人たちが小林平八郎の落ち着きに、驚いていた。

「…………」

そんな隙を小林平八郎が見逃すはずはなかった。斬りつけやすい右の牢人へ駆けて、いきなり襲いかかった。

「うわっ」

あわてて牢人が刃《やいば》を合わせた。

「よし、小野。抑えておけ。その間に、我らが獲物を」

牢人が三郎へ向かおうとして、止まった。

「……ばかな」

震えて逃げ出そうとしているはずの三郎が、太刀を堂々と構えていた。

「まさか、おまえも人を斬った経験があると」

「………」

口を開けば息が漏れる。息が漏れれば吸わなければならない。そのためには身体の筋の力を抜かなければならなくなる。

三郎は無言で牢人を見つめていた。

「ぎゃあぁ」

不意に絶叫が響いた。

「……小野」

「まさか」

二人の牢人が、小林平八郎に斬り伏せられた小野に目をやった。

「十人斬りの小野が……」

「五村っ」

「わかった」

頭分の牢人に言われた五村が小林平八郎を迎え撃とうとした。

「ふん」

勢いを付けた太刀で、小林平八郎が薙《な》いだ。

「間合いが遠いわ……ぐえええ」

届かないと見切った五村が腹を裂かれた。

「なぜ……片手薙ぎ」

五村が崩れ落ちたのを見た牢人が小林平八郎に目をやって気付いた。

刀は両手で柄を持つと左右の腕の伸びる範囲までしか届かない。しかし、片手にすると握りは弱くなるが、制約が減るぶん伸びる。場合によっては三寸（約九センチメートル）から違ってきた。

「くそっ」

あわてて牢人が三郎へと襲いかかった。

「せめて、おまえだけでも」

「ふん」

牢人が上段から落としてきた一刀を、三郎は余裕で受け止めた。

「くそっ」

すぐに牢人が太刀を離し、突きに変えた。

「なんの」

これも三郎はかわした。

「どういうことだ」

「師に比べれば、蚊が止まるわ」

牢人がいくら攻撃しても、三郎に傷を付けられないことに焦った。

「ならばっ」

打つ手をなくした牢人が大上段に振りかぶった。

「死ね」

その後ろ首を小林平八郎が斬り裂いた。

「後ろから……」

卑怯《ひきよう》なとばかりに牢人が小林平八郎に目をやりかけて絶命した。

「遅れまして」

膝《ひざ》を突いて小林平八郎が詫《わ》びた。

「かまわぬ。見事であった」

太刀を鞘《さや》に納めながら三郎が、小林平八郎をねぎらった。

「畏れ入りまする」

小林平八郎が立ちあがって、太刀に付いた血を拭《ぬぐ》い始めた。

「たわけっ」

大声が三郎の背後から聞こえた。

「なっ」

驚愕《きょうがく》で振り向いた三郎の手前三間（約五・四メートル）ほどのところで、紙屋伝心斎が別の牢人を叩《たた》き斬っていた。

「師範」

「これはっ……」

「おぬしたちを見送ったときに、嫌な気配を感じたのでな、気になって来てみたら……」

息を呑む二人に、紙屋伝心斎が説明した。

「……勝ったと思ったときこそ、気を引き締めよ。とくに平八郎、そなたは警固であるぞ。主を屋敷に届けるまで、油断するな」

「申しわけございません」

「恥じ入りまする」

紙屋伝心斎の叱りを小林平八郎と三郎は甘んじて受けるしかなかった。

「……気付かれていた。吾の隠形《おんぎょう》が見抜かれた……」

離れたところから様子を窺《うかが》っていた鞆初衛門が絶句した。

三

あれ以来、小林平八郎は鬼気迫る思いで、三郎に付き従った。

「いくらなんでも、気が入り過ぎじゃ」

吉良義冬《よしふゆ》が小林平八郎のやり過ぎにあきれた。

「申しわけないことでございますが……」

「まったく、いまだ吉良を狙う愚か者がおるとはな」

詫びた三郎に吉良義冬がため息を吐いた。

「父上、やはりお目《め》付《つけ》さまにお届けを」

「どうやって出すのだ。嫡男が城下で無心の牢人に襲われたと」

　三郎の提案に、吉良義冬が首を横に振った。

「牢人は、町奉行所の管轄だと言われるだけならばまだいい。だが、牢人に襲われるだけのわけがあるのだろうと、目付に痛くもない腹を探られることになりかねぬ。いかに高家とはいえ、目付は別じゃ。あやつらは親でも平気で訴えおる。しかも質《たち》の悪いことに、目付には取り次ぎなくして、公方《くぼう》さまにお目通りを願えるのだぞ。一度目を付けられれば、止めようがない」

　吉良義冬が三郎を諭した。

「高家でさえ抑えられないのが……目付」

「そうなるの。もっとも我らも目付を訴えられる。城中での礼儀作法に叛《そむ》けばな。とはいえ、我らは老中さまへ報告し、そこから目付部屋へ回され、その後評定となる。直接公方さまに訴えられる目付のほうが、早い」

「気を配れと」

　三郎が父の言葉から汲み取った。

「そうだ。見習いとはいえ、そなたは城中へ出入りしているのだ。なにか失策を起こせば、目付の監察を受けることになる。そのことを胆《きも》に銘じておけ」

「はっ」

釘を刺された三郎が手を突いた。

「では、襲われたときはいかがいたせば」

「逃げるところを見られるのもまずいでな」

「仕留めろと」

「無礼討ちで通すくらいはしてやる。だてに高家ではない」

確認した三郎に吉良義冬が告げた。

無礼討ちは武士に許された暴力であるが、なかなかに認められなかった。

「武士にぶつかるとは、無礼千万」

「金を払えだと。儂《わし》を喰い逃げというか」

幕初、このような無礼討ちが横行した。かといって町奉行所では、武士に手出しはできない。業を煮やした幕府は、武士という立場を守るため無礼討ちを廃しはしなかったが、極端な制限を掛けた。

「主家に対する無礼はよい。その場を去らせずに討ち果たせ」

ようは、己への無礼で刀を抜くことを禁じたのだ。

結果、無礼討ちはほとんどなくなった。

「高家は幕府の鑑《かがみ》なのだ。その鑑たる高家に刃を向けるは、謀叛《むほん》と同じ。謀叛は九族皆殺しの極刑である。無礼討ちは当然である」

「なるほど」

父の強弁に近い説明に三郎が納得した。

「しかし、またもそなたが狙われたとあれば、このままには捨て置けぬな」

吉良義冬が右手を顎《あご》に当てて、思案し始めた。

「……おそらくは毛利長門守だろうが、確たる証《あかし》なしで咎められるほど、毛利の名前は軽くない」

「…………」

そのへんの数万石ていどの大名なら、証などなくとも報復できると吉良義冬が言っていると三郎は気付き、絶句した。

「そちらは儂がなんとかしよう」

「わたくしはどのように」

三郎が問うた。

「しばらく屋敷にて控えておれ。今までは無事にやり過ごせたが、次もうまくいくという保証はない。嫡男を殺されたとあれば、吉良の名前にも傷が付く」

「はっ」

出歩くなと命じられた三郎が首肯した。

「では、登城する」

吉良義冬が話は終わったと立ちあがった。

当主の出立を終えれば、表門は閉じられる。以降、吉良義冬の帰邸まで表門は開かれることはない。当主が留守なのに、表門を開けて対応しなければならないほどの客が来るはずもない。

急に暇となった三郎は、書を紐解《ひもと》くことにした。

「若さま」

そろそろ昼餉《ひるげ》かというころに、小林平八郎が顔色を変えてやってきた。

「いかがいたした」

普段落ち着いている小林平八郎の慌て振りに、三郎が驚いて問うた。

「表に、こ、こ」

「はっきりいたせ」

何度も詰まる小林平八郎に、三郎が声を強くした。

「申しわけございませぬ。お、表に……」

もう一度詰まりかけた小林平八郎が、大きく息を吸って吐いた。

「表に近衛《このえ》さまとおっしゃるお方がお見えでございまする」

「なんだとっ」

三郎が目を剝《む》いた。

「本物か」

「あいにく、わたくしはお顔を存じませぬ」

「吾も知らぬわ」

首を振った小林平八郎に三郎が言い返した。

「いかがいたしましょう」

「むうう」

あらためて訊かれた三郎がうなった。

本物かどうかわからないだけに対応は難しかった。

屋敷へ迎え入れてから偽者となれば、五摂家《ごせっけ》の持つ高貴さを理解できていない浅き者として、吉良家が笑われる。

もし、偽者として追い返した後、本物だったとなれば、今後吉良家は京で誰にも相手にしてもらえなくなる。

「……表門を開けよ」

「よろしゅうございますので」

決断した三郎に、小林平八郎が念を押した。

「だまされたとあれば、吾が責任を取ればいい。父は留守だったのだ。だが、まちがえて追い返したとき、それは吾が身一つですむものではない」

「お見事なるお覚悟でございまする」

偽者だったときは、自害して責任を取ると暗に告げた三郎に、小林平八郎が感心した。

「最上級のおもてなしを用意せよ。後、城へ人をやり、父に報《しら》せを。よいか、決して他家に悟られるなよ」

「承知」

小林平八郎が駆けていった。

「誰ぞ、裃《かみしも》を用意いたせ」

三郎は正装に着替えると言った。

近衛基熙《もとひろ》は吉良家の門前に立ちながら、そこから見える江戸城に感服していた。

「二条《にじょう》の城、いや、大坂《おおさか》の城でさえ足下に及ばぬのう」

「まことに」

供をしている近衛家家宰《かさい》を務める平松少納言《ひらまつしょうなごん》の三男、清麿《きよまろ》が同意した。

「この吉良の屋敷も、我が屋敷より豪壮やな」

近衛基熙が目を吉良家へと下げた。

「……おっ、御所《ごしょ》はん、開きまっせ」

表門の閂《かんぬき》を抜く音が聞こえてきた。

「ほう、思ったより早いな」

近衛基熙が少し感心した。

「ようこそおいでくださいました。主はあいにく登城いたしておりまするが、どうぞお通りをくださいませ」

用人が近衛基熙の案内をした。

「うむ」

鷹揚《おうよう》にうなずいて、近衛基熙が門を潜った。

「吉良左《さ》近衛《こんえの》少将《しょうしょう》の嫡男三郎にございまする。近衛さまには、よくぞお出《い》でくださいました。当家をあげてお迎えをいたしまする」

「左少将《さしょうしょう》の嫡男か。近衛じゃ。まだ無位無冠である。そう、畏《かしこ》まらずともよい」

玄関式台に平伏した三郎に、近衛基熙が話しかけた。

「畏れ多いことでございまする。まずは、遠路のお疲れをお取りいただければと存じまする。ただいま、風呂《ふろ》の用意をいたしておりまする。それまで、粗茶を献じさせていただければと」

「堅いのは無用じゃと申したであろう。前触れもなく参ったことからもわかろう。忍びである」

話がしにくいと近衛基熙が三郎に告げた。

「さように仰せくださいますならば……」

ようやく、三郎は顔を上げた。

「おう、なかなかの東男振《あずまおとこぶ》りよな。眉が太いわ」

三郎の顔を見た近衛基熙が笑った。

「畏れ入りまする。では、ご案内を」

笑われたことには触れず、三郎が前に立った。

「こちらでお休みを」

奥に近い立派な客間を三郎は提供した。

「お供のお方さまは、次の間をお使いくださいませ」

奥の客間には、控えの間と次の間が付いていた。

「遠慮のうさせてもらいま」

平松清麿が、さっさと次の間へ荷物を置いた。

「さすがは吉良よな。調度もなかなかのものを使っておる」

上座の敷きものに腰を下ろした近衛基熙が満足そうに言った。

「若さま」

「入れ」

客間の外から小林平八郎の声が聞こえ、三郎が応じた。

「茶の湯の用意が整いました」

「これへ」

三郎が許可を出した。

客間には炉が切られている。そこに小林平八郎が炭火を置き、茶釜《ちゃがま》を載せた。

「ほう、なかなか風流な炉やな」

すばやく近衛基熙が目を付けた。

「わたくしは心得が浅く、よくわかっておりませぬが、箱書きに拠りまするど武野《たけの》紹鷗《じょうおう》が作らせた南蛮鉄のものとございまする」

「銘は」

「風林と」

「なるほどの。炭火を火山に見立てたか。この景色で風林火山を表すとはの。さすがは武野紹鷗や」

近衛基熙が感心した。

「拙《つたの》うございますが……」

三郎が茶を点《た》てた。

「いや、かまへん。茶はどういうても飲むものや。うまかったらええ。品川《しながわ》で白湯《さゆ》を飲んで以来やさかいな、喉《のど》が渇いてうまいわ」

近衛基熙が作法を無視した一気飲みをして見せた。

「…………」

「驚いたか。摂政や関白やいうても、人や」

「はあ」

いきなり砕けた近衛基熙に、三郎が唖然《あぜん》とした。

「ああ、この態度か。これが普通や。四角四面で一日中、一年中やってられるかいな。京やとうるさい目があるよって、表ではずっと堅いけどな」

「いえ」

三郎がどうとも取れる返答をした。

「そなたを気に入ったからや」

笑いながら砕けた姿を見せた理由を近衛基熙が告げた。

「わたくしがお気に召したと」

一層三郎が困惑した。

「そうや。そなたなかなか肚が据わっておるの。麿《まろ》が本物かどうかの証を出す前に、招き入れたではないか。もし、違っていたら責任を一人で取るつもりやろ」

「…………」

「黙るのは肯定やで。気を付けや。京では、無言は雄弁に負けるさかいな」

近衛基熙が黙った三郎に注意した。

「心いたしまする」

「うん、うん。素直なのもええな」

そう頷きながら、近衛基煕が懐から油紙の包みを出した。

「ほい」

近衛基煕が包みを軽く放った。

「……これは」

「開けてみ」

怪訝《けげん》な顔をして包みを受け取った三郎に、近衛基煕が促した。

「失礼をいたしまする……書状でございまするか」

三郎が包みを解いた。

「読み」

もう一度近衛基煕が促した。

「拝見……これはっ」

読んだ三郎が絶句した。

「麿の身分を証明するには、十分やろ。二条《にじょう》関白はんを始め、一条《いちじょう》右大臣ら五摂家当主全員の署名と花押が入っとる。左少将ならわかるやろ、真贋《しんがん》が」

書状を手に震えている三郎に淡々と言いながら、近衛基煕が茶碗《ちゃわん》を突き出した。

「代わりをおくれや」

「………」

三郎は固まったままであった。

四

芙蓉《ふよう》の間では今上《きんじょう》天皇の跡目について、過去の文献を探っていた。

「ないの」

「さすがに当歳はない」

不意にお城坊主が入ってきてもなんのことかわからないように、天皇とか親王とかの名前は出していない。

「なぜ、当歳のお方を選ばれたのだ」

結局、疑問はそこに至った。

今上天皇の兄弟は多い。男子も多くは早世しているが、成人を迎えた宮もいた。

「当歳さまとご母堂さまが一緒かと思ったが、そうでもない」

「他のお方ではいかぬのか」

「むうう」

幕府で故事来歴にもっとも通じている高家衆が、意味がわからず首をひねるしかなかった。

「御免をくださいませ」

襖《ふすま》ごしにお城坊主の声がした。

「しばし待て。御一同」

当番高家品川内膳正《ないぜんのかみ》が、出ている古本や書付を隠せと合図した。

「……どうした」

全員が懐に持参したものを仕舞ったのを見て、品川内膳正がお城坊主に許可を出した。

「左近衛少将さまは」

「ここじゃ。余に用か」

「はい。お屋敷のお方が納戸口御門までお出ででございまする」

応じた吉良義冬に、お城坊主が告げた。

「屋敷の者が……」

思い当たる節のない吉良義冬が怪訝な顔をした。

「……ご苦労であった」

だが、放置もできない。吉良義冬が腰を上げた。

「御一同、しばし御免を」

吉良義冬が芙蓉の間を出た。

役目で登城している大名、旗本のもとに家臣が来ることはままあった。もちろん、役目大事な武士である。よほどのことでもない限り、当主の留守を預かる者が使者を立てたりはしない。

「若君のご誕生でございまする」

たしかにめでたいが、これで使者が来ることはない。

「御隠居さま、御危篤でございまする」

これだと使者が出る。

どちらも私事だが、慶事は控え、凶事は報せるというのが慣例となっている。これは、孝行を政《まつりごと》の一つに置いている幕府が、親の死に目に会えるようにと気遣っているからである。

「まさか、三郎が……」

今朝、襲撃の話をしたばかりである。嫡男の凶事を思った吉良義冬の背筋に汗が垂れた。

「小林ではないか」

納戸口御門に着いた吉良義冬は、そこに控えている用人の顔に驚いた。

小林平八郎の父平《へい》右《え》衛門《もん》は、吉良家代々の用人を務めており、少しのことで動揺するようなものではない。

「と、殿」

その小林平右衛門が慌てていた。

「なにがあった。三郎は無事か」

思わず吉良義冬が、三郎の名前を出した。

「畏れ入りまするが、お側に」

耳打ちをしたいと小林平右衛門が願った。

「近《ちこ》うよれ」

吉良義冬が許した。

「御免を……」

近づいた小林平右衛門が、囁いた。

「なっ……」

近衛基熙がお忍びで江戸へ出てきていると聞いて、さすがの吉良義冬も絶句した。

「本物か」

「すべては三郎さまが責を負われると」

「むううう」

　吉良義冬が唸《うな》った。

「三郎はなんと」

「お報せだけせよと。対応は三郎さまがなさっておられまする」

「わかった」

　一度うなずいた吉良義冬が続けた。

「他所《よそ》に漏れてはならぬ。すぐにでも屋敷へ戻りたいところだが、それでは目立つ。余はいつものようにお役目を果たしてから戻るゆえ、それまで失礼のないようにと三郎に伝えよ」

「はっ」

「それと……武芸のできる家臣たちを集めておけ。あと、諸門の封鎖も忘れるな」

「…………」

　その指示の意味するところを悟った小林平右衛門が息を呑んだ。

「よいな」

「し、承知いたしましてございまする」

念を押された小林平右衛門が、大きく首を縦に振った。

「……なにをしにきた。いや、考えるまでもないな。おそらく次の帝《みかど》について朝廷の意思を密かに伝えにきたのだろう」

小林平右衛門を送り返した後、ゆっくりと芙蓉の間に戻りながら、吉良義冬が近衛基熙下向の理由を推察した。

「面倒ごとを持ちこんでくれる」

吉良義冬が朝廷を罵《ののし》った。

「なぜに余、吉良なのだ」

ふと吉良義冬が足を止めた。

「あと十日もすれば、秋の除目《じもく》で大沢右京亮が京に入る。そのときに話をすれば目立つこともない」

秋の除目、年賀使ともに高家が京に入れば、五摂家、武家《ぶけ》伝奏《てんそう》を始め、あらゆる公家たちと会う。そのときならば、五摂家と会談をして当然であった。

「右京亮は、秋の除目をすませ、年賀の下用意をしてから江戸へ戻る。二十日ほどで江戸へ帰ってくる……なのに五摂家筆頭、皇別家とまでいわれる近衛の当主が江戸まで来た」

吉良義冬が考えこんだ。

「五摂家で意見が分かれており、近衛さまが幕府を味方に付けようとした。いや、もしそうならば、敵対している五摂家が黙ってはおるまい。京都所司《きょうとしょし》代《だい》に近衛家の出奔を言い立てて、咎めを受けさせようとするだろう」

五摂家は近い親戚《しんせき》でありながら、関白、摂政の地位を巡って何度も争っていた。

「それでないとすると……まさか……右京亮を待っていられぬほど今上さまのお具合が優れぬのか」

吉良義冬が思い当たった。

「ときがなさすぎる」

気付いた吉良義冬が眉間《みけん》にしわを寄せた。

茶を飲み、風呂に入った近衛基熙は昼餉をすますなり、横になって眠ってしまった。

「どうすればいい」

父から歓待しておけとの指示を三郎は用人から聞かされていた。

「歓待しろと言いながら、閉じこめるなど……」

武芸を学んでいる三郎は、家臣たちの険しい気配をしっかり気取っていた。

「逃がさぬということなのだろうが、それは偽者であったときだけか。それとも……」

近衛基熙を亡き者にしようとしているのではないかと、三郎は怖れた。

いかに他の摂関家の書状があるとはいえ、旅には危険が伴う。

幕府の威光も山奥や他人目《ひとめ》のないところまでは届いていない。

「無礼者、麿を近衛と知っての狼藉《ろうぜき》か」

身分を明かしたところで、野盗、山賊の類《たぐ》いに近衛家がどれだけの家かなどという知識はない。

「いいものを着ている。傷つけるなよ。頭を殴って殺せ」

どれだけ身分を言い立てたところで、野盗、山賊が聞くはずもなかった。

「当家にはお見えになりませんが」

行きの道中で異変があったとか、

「たしかに当家をお発ちになりましたが」

帰りの途中でなにかあったということも考えられる。

いくらでも吉良家は言いわけができる。

「早くお帰りを」

三郎はひたすら吉良義冬の帰館を望んだ。

その願いはいつもどおりの刻限までかなわなかった。

「お帰りでございまする」

「ようやくか」

三郎は安堵《あんど》した。

「よくぞしてのけた」

帰ってきた吉良義冬が三郎を褒めた。

「はい」

うれしそうに三郎がうなずいた。

「これを」

三郎は迎えに出るとき手にしていた近衛基熙から渡された書状を、差し出した。

「なんだ……」

怪訝な顔をしながら、書付に目を落とした吉良義冬が息を呑んだ。

「本物でございましょうか」

「……まちがいない。これらの花押に見覚えがある」

訊いた三郎に、吉良義冬が認めた。

花押は名前あるいは座右の銘などを崩して絵のようにしたもので、一人一人違っている。織田《おだ》信長《のぶなが》の麒麟《きりん》、伊達《だて》政宗《まさむね》の鶺鴒《せきれい》など、形からそう呼ばれた有名なものもあった。

「では、近衛さまご本人」

「余もお目にかかったことはない。まだ元服なされていないからな」

元服は一人前になったとの証明であり、すませるまでは半人前として表立っての活動はしないのが慣例であった。

「奥の客間だな」

確認した吉良義冬が、まず着替えにいった。

「お忍びならば、こちらも合わさねばならぬ」

登城しているときは、従四位下にふさわしい姿をしている。吉良義冬は、近衛基熙の意図を汲《く》んで、着替えた。

「そなたも同席いたせ」

「よろしいのでございまするか」

吉良義冬の言葉に、三郎が驚いた。

「そなたもかかわったのだ。知らずに後で悔やむより、聞いておいたほうが不満も出ぬ」

仲間外れにされて不服を感じるのはよくないと吉良義冬が告げた。

「では、そのようにさせていただきまする」

三郎がうなずいた。

「御免くださいませ」

吉良義冬が客間の外で膝を突いた。

「おおっ、当主が戻ったか。苦しゅうない、入るがよい」

近衛基熙が招き入れた。

「お初にお目にかかりまする。吉良左近衛少将にございまする」

客間に入った吉良義冬は、まず襖際でていねいに名乗った。

「近衛じゃ。よしなにの」

軽く近衛基熙が返した。

「不意に立ち寄って悪いの」

「いえ、よくぞお出でくださいました」

「さすがは左少将の家よな。なかなか茶道具も調度もよいものを使っておる」

「田舎者でございますれば、お目に叶《かな》うほどのものではなく、恥じ入りまする」

近衛基熙と吉良義冬が互いの肚の探り合いをしていた。

「いやいや、高家を代表する吉良家なればこそであろう。吉良家が右じゃといえば、高家は全員右を向くと聞いた」

「なにを仰せられまするやら。近衛さまこそ、摂関家の頂点にあられ、今上さまもお気遣いくださると存じておりまする」

近衛基熙の賞賛を吉良義冬が返した。

互いを褒め合うように見せながら、そのじつ近衛基熙は、高家をまとめあげられるかと問い、吉良義冬は朝廷の意思で来たのかと尋ねたのだ。

「…………」

部屋の隅で聞いている三郎は、言葉でかわされる剣戟《けんげき》に、固まっていた。

「ふふふ。十分じゃの」

近衛基熙が笑った。

「畏れ入りまする。まだお若いとはいえ、さすがは近衛さま」

吉良義冬が頭を垂れた。

「京は魑魅魍魎《ちみもうりょう》が跋扈《ばっこ》する地ゆえにな。子供ではおられぬ。化け物にならねば呑みこまれる」

小さく近衛基熙が首を横に振った。

「もう、麿の用件はわかっておろう」

三郎に対するものと違い、近衛基熙が堅い口調で言った。これは、五摂家としての話だという表れであった。

「それほどにご宝算は……」

「数えられぬ」

今上天皇の寿命を問うた吉良義冬に、近衛基熙が答えた。

「ご崩御の使いが、今江戸へ向かっていてもおかしくはない」

「そこまで……」

吉良義冬が驚愕した。

「認めてくれるか、幕府は」

「高貴宮《あてのみや》さまを帝にと」

「うむ」

「無理でございましょう。禁中諸法度には記されておりませぬが、幕府には幼君を認めないという決まりがございまする」

「帝ぞ。そのへんの大名あたりと一緒にはできまい」

「ゆえにでございまする」

「……ゆえにだと」

近衛基熙の表情が険しくなった。

「帝でさえ認められないとなれば、今後逆らう大名はいなくなりまする」

「そんな見せしめのために、帝の血統を使うと」

「御老中方はそうお考えでしょう」

「許されぬぞ。臣下が、武家が、帝の継承に口を出すなど……」

近衛基熙が憤った。

「では、朝敵にでもしますか、徳川家を」

「…………」

「知っているのでございまする、幕府は」

黙った近衛基熙に吉良義冬が告げた。

「なにを知っていると申すか」

「中宮《ちゅうぐう》和子《かずこ》さまのことを」

「…………」

言われた近衛基熙が黙った。

中宮和子とは、二代将軍秀忠《ひでただ》の娘のことだ。後《ご》水尾《みずのお》天皇の中宮となり、二皇子五皇女を産んだ。

「和子さまがお産みになった二人の皇子が、三歳、当歳で亡くなられた。誰の仕業なのでございましょう」

「病であろう」

「そろってお二人とも寛永《かんえい》五年（一六二八）に亡くなられているのも偶然だと」

「流行病《はやりやまい》ではないか」

「他の皇子方、皇女方で寛永五年に亡くなられたお方はおられませんが」

「…………」

近衛基熙が黙った。

「まあ、それをどう使われるかは、御上が決められましょう。ですが、二人が亡くなられたとき、幕府から葬儀をおこなうようにと願ったにもかかわらず、七歳に満たぬ子は葬儀をおこなわない慣例だと言って、さっさと葬られましたな」

「知っていて当然か、高家では」

吉良義冬の話に近衛基熙が嘆息した。

「七歳か。射った矢が返ってくるというのはこのことだな」

近衛基熙が肩を落とした。

第三章　江戸と京

一

高家《こうけ》の上洛《じょうらく》行列は亀のように歩みが遅かった。

これは城下町ごとに、休息、昼餉《ひるげ》、宿泊を繰り返すからであった。

「右京亮《うきょうのすけ》さまには、お目通りをいただきまことにありがたく存じあげまする。あいにく主《あるじ》は江戸《えど》参府中につき、わたくしが代理をさせていただきまする」

国家老が本陣の奥の間前廊下で手を突いた。

「うむ」

鷹揚《おうよう》に大沢《おおさわ》右京亮がうなずいた。

江戸を出る前に、どこで休息を取るとか、宿を取るとかは前もって触れてある。

行列が本陣に入るなり、大名やその名代が飛んでくる。

「これは些少《さしょう》ながら、ご挨拶《あいさつ》の代わりでございまする。なにとぞ、お納めくださいますようお願い申しあげまする」

国家老が盆に載せた白絹を差し出した。

「挨拶とあれば、受け取らねば礼を失する。遠慮なくちょうだいしよう。主どのによしなにと右京亮が礼を申しておったとお伝えあれ」

「たしかに承りましてございまする。では、これにてご無礼を仕《つかまつ》りまする」

あからさまな安堵《あんど》の表情で国家老が去っていった。

「このていどで挨拶といわれるか。いやいや、高家も安く見られたものだ。お持ち帰りあれ。今後はお一人で御上のお役目を果たされるとよい。我らの助けが要らぬからこその対応であろう」

音物《いんもつ》を渋ったりすると、手痛い目に遭う。

とくに外様《とざま》の五万石ていどの大名はきつい。このあたりの大名が、もっとも幕府からお役を言い渡されるからだ。

「年賀答賀使の接待を命じる」

「御所修理普請を命じる」

どれも金の持ち出しになるが、幕府の指名を受けた以上はしなければならない。無事に果たして当然、失敗すれば咎《とが》められる。小身大名にとって、幕府の役は、厄であった。

その厄を大厄に変えているのが、高家である。

「挨拶はそこでするのではない。玄関式台で勅使をお迎えしたところで、平伏してするもの」

「お大工衆へは朝四つ（午前十時ごろ）と午後八つ（午後二時ごろ）に休息を取らさねばならぬ。茶と菓子、それも大松屋のものでなければならぬ。また、菓子を好まぬ者のために握り飯と菜の煮物を用意いたせ。賢きところに近いゆえ、酒と生臭ものはならぬ」

礼儀礼法は合わせて三千をこえるとまで言われるほどある。これをすべてそれに合わせた行動のできる者など、幕府ではまず高家しかいなかった。

つまり、諸大名たちは、高家の教えなくして、幕府の命じるお役目を果たせなかった。

「知らぬ。無事に普請が完成すればよかろう」

「高家など不要」

もし高家を怒らせれば、これらのしきたりを教えてもらえなくなり、

「畳の縁が黒……慶事に黒を使うなど」

年賀答賀使にあきれられたり、

「あのような造りでは、御所としての格式に合わず。一からやり直せ」

手厳しくあしらわれる。

そして、どちらもやり直すだけの費用がかかる。

そうなってはたまらないので、大名たちは機会があるごとに、高家へ贈りものをし、機嫌を取り結ぶ。

下手をすれば賄賂《わいろ》といわれる類《たぐい》のものになるが、高家には礼法指導という看板がある。

「作法についてお教えした謝礼でござる」

まさに大義名分、目付《めつけ》といえども文句は言えなかった。

「引き取りはどうなっておる」

白絹の数をかぞえた大沢右京亮が用人に問いかけた。

「すでに、勝手にて待っております」

「ふむ。ここの国家老はなかなかできるようじゃ。気に留めておこう」

満足げに大沢右京亮が首肯した。

当たり前の話だが、道中、しかも往路から白絹などをもらっていては荷物になってしまう。そこで気の利いた大名家では、差し出した白絹を出入りの呉服屋などに買い取らせるのだ。もちろん、それなりの手数料は取られるが、それでも白絹を山のように持って箱根《はこね》越えなどをするよりは、はるかにましであった。

「昨日のぶんも引き取ってもらえるように交渉いたせ」

「すでに了承を取りつけてございまする。ただ、質があまりよくないので、安くなるということでございまする」

主の命に用人が手抜かりはないと答えた。

「引き取りの手配もせぬ、質も悪いだと。話にならぬな。どれ、少し高家の怖ろしさを教えてやらねばなるまい」

聞いた大沢右京亮の機嫌が悪くなった。

白絹はどれも同じように見えるが、細かく産地で等級分けされていた。もっとも高級とされる丹後《たんご》産と最下級扱いの関東《かんとう》ものでは、単価で二倍半から違ってくる。

当然、引き取り値も変わった。

「さて、そろそろ出発するか。今夜の泊まりは小田原《おだわら》じゃ。城主の稲葉美濃守《いなばみののかみ》どのは、春日局《かすがのつぼね》さまの孫。石高も八万五千石と裕福であろう。楽しみじゃな」

大沢右京亮が笑った。

近衛基熙《このえもとひろ》と吉良義冬《きらよしふゆ》の話し合いは、一方的な通告になっていた。

「あのときのことを蒸し返してもよろしいが。幕府には伊賀《いが》者、甲賀《こうか》者などがおりますし、公家《くげ》衆のなかには、保身を考える御仁もあられよう」

吉良義冬が脅した。

「京都所司代《きょうとしょしだい》板倉周防守《いたくらすおうのかみ》は……」

「もちろん、知っておりまする。当事者のようなものでございますからな」

親子で京都所司代を務めたのだ。朝廷のことにかんして、板倉周防守以上に知っている者はいなかった。

「それであれだけ強気に……」

「復讐《ふくしゅう》でもありましょうからな。己が京都所司代をしておりながら、徳川《とくがわ》の血を引く皇子をお守りできなかった。ことがことだけに表沙汰《おもてざた》にするわけにもいかず、臥《が》薪嘗胆《しんしょうたん》しておりますゆえ」

「表沙汰にすればよかったであろう。さすれば、次に繋《つな》がったはずじゃ」

近衛基熙が首をかしげた。

徳川家康《いえやす》の孫と後水尾《ごみずのお》天皇の婚姻には、多くの公家が反対した。五摂家《ごせっけ》でも賛成したのは二条《にじょう》家だけ、一条《いちじょう》と鷹司《たかつかさ》家が中立、九条《くじょう》と近衛は大反対していた。

「源氏《げんじ》と名乗っておるが、徳川家は少し前まで藤原《ふじわら》氏を称していた。いかに正親町《おおぎまち》天皇のお許しを得たとはいえ、氏素性を変えるなど出自があきらかでないとの証《あかし》。そのような者の血を引いた女を中宮にするなど、皇統二千年の歴史を汚すものである」

近衛家だけでなく、公家の多くが反対に回った。

「今や徳川は天下人である。その徳川と縁を結ぶのは、朝廷百年の計としてしかるべしである」

もちろん、なかには朝幕の合体をすべきだと賛成に回る公家もいた。

「徳川に逆らって、無事ですむはずはなし。ここは受け入れておくべきである」

消極的な賛成を述べる公家も多かった。

この消極的な賛成を口にした公家たちが、もっとも質《たち》が悪かった。

「徳川の娘を中宮にはするが、日嗣《ひつぎ》の御子《みこ》にはせぬ。日嗣の御子さまは、ふさわしい公家の家柄の女に産ませる」

暗躍、表裏比興が公家の真骨頂と言える。公家の一部は、和子《かずこ》を受け入れることで幕府からの援助を引き出し、ただし皇統の継承からは外すつもりだったのだ。

言うまでもないが、幕府の目的は皇統に徳川家の血を入れることであった。

戦国を生き抜いた徳川家だからこそ、朝廷の重要さをわかっている。

将軍がなにを言おうとも、朝廷が勅意を出せば、そちらが優る。一応、武家にかんしては幕命が優るとはいえ、いつどうなるかはわからなかった。

なにせ、徳川家は朝廷から新しい姓を賜り、関白になれる格別の家柄となった豊《とよ》臣《とみ》家を潰《つぶ》している。

豊臣秀吉《ひでよし》が存命していたら、決して認められることのない行為である。

昨日まで豊臣に尾を振っていた公家たちが、没落するとわかった瞬間に掌《てのひら》を返す。それを徳川は目の当たりにした。

つまりは、いつ徳川がそうなっても不思議ではないのだ。

豊臣秀吉が持っていた天下人という大義名分は、あっさりと奪われた。

もし、徳川家康が豊臣家を攻めるのを、朝廷が禁じたらどうなったか。豊臣恩顧の大名が大きく動揺しただろう。

加藤《かとう》も福島《ふくしま》も、豊臣家のおかげで大名になった。その恩は感じている。ただ、吾《わ》が身の保身には、徳川に付くしかないからこそ従っているだけ。もし、そこに朝廷という大義名分が加われば、敵対はしなくとも、兵を退くくらいはする。

冬の陣を見ればわかるが、豊臣家が拠る大坂《おおさか》城は難攻不落、そこに十万の牢人《ろうにん》が入っており、とうとう徳川は落としきれず、和睦《わぼく》にして、一度軍を退かざるを得なかった。

しかも次の戦のために和睦の条件をうまくごまかして、大坂城すべての濠《ほり》を埋め立ててしまうという手を使って、豊臣家を滅ぼした。

ここで朝廷が豊臣家を滅ぼすなと命じれば、徳川としては従うしかない。

「今上《きんじょう》さまが豊臣をお守りくださっている」

こうなれば、外様大名の風向きは変わる。そして、徳川家康が豊臣家を滅ぼす前に死んだら、天下はどうなるかわからない。

それを防ぐために徳川は、朝幕一体を考えた。

徳川の血を引く天皇が出れば、朝幕は一つになり、朝廷の持つ大義名分が徳川を守ってくれる。そうなれば、幕府が、かつての豊臣がたどってきた崩壊を防ぐことができる。

しかし、朝廷は徳川の血を引く男子を許さなかった。

「受け入れるが、子はなささぬ」

和子は形だけの中宮になるはずだった。

「朕《ちん》も好まぬ」

後水尾天皇も、朝廷を抑えようとする幕府に怒っており、和子を受け入れようとはしなかった。

「中宮としての待遇を求める」

普通ならば不満を幕府へ訴え、厳しい要請を朝廷へ押しつける。あいにく、和子は賢かった。

強制はより後水尾天皇を頑《かたく》なにする。

「なぜ、帝《みかど》は妾《わらわ》を嫌われる」

和子はその理由を考え、幕府の強圧を知った。

「なんということを……」

愕然《がくぜん》とした和子は、板倉周防守を呼びつけて叱るだけではすまず、江戸へ手紙を送って父秀忠《ひでただ》、兄家光《いえみつ》を非難した。

「朕とともにあるを望むか」

これが後水尾天皇の気持ちを解き、和子はその寵愛《ちょうあい》を受けた。

「皇女はいい。寺に入れればすむ」

公家たちは計画の訂正を強いられた。さすがに豪儀で鳴らした後水尾天皇が気に入った女を引き離すわけにはいかなかった。しかも、相手は将軍の妹である。一つまちがえたら、五摂家といえども幕府の怒りで潰される。

「皇子は育たぬように」

公家たちは、あくまでも徳川の血を皇統に残すことを拒んだ。

皇女は本来なら、高位の公家の正室となる。朝廷が貧しかったころは、輿入《こしい》れの用意ができないので、あるていどの年齢になると寺に放りこみ尼にしたが、今はそんなことはしなくていい。

残念ながら皇子は事情が違った。さすがに宮家の設立は幕府の許可がいるので難しいし、天皇家にも別家たる宮を作るだけの余力はなかった。

かといって皇子をその辺の公家へ養子に出すわけにもいかず、五摂家に押しつけようにもそうそう実子がいないという状況にはならない。やむなく門跡《もんぜき》寺院へ押しつけることになる。

「僧侶《そうりょ》にしたところで、いつ還俗《げんぞく》させられるかわからぬ」

幕府が徳川の血を引く皇子を僧侶にされて納得するはずはなかった。

「一万石の宮家を設立する」

大名並の石高を誇る宮家を作るなど、幕府には容易である。

「幕府の費《つい》えならばよろしかろう」

だが、今回はそうはいかなかった。徳川の血を引く皇子が、妻を娶《めと》り子をなせば、皇統を受け継ぐ権利も継承されてしまう。

天皇が跡継ぎなく、死亡したとき、幕府がかならず介入してくる。

「徳川の宮家にも皇統を継ぐ権はある」

そうなったとき、徳川に対抗できるだけの気概ある公家や宮家がいるとは限らない。

後顧の憂いを断つために、和子の産んだ男子は、病と見せかけて命を奪われた。

「今更表に出せるのか」

近衛基熙がなんとか言い返した。

「周防守の腹一つですみまする」

皇子を護《まも》れなかった責任を板倉周防守に押しつけると吉良義冬が告げた。

「周防守もそろそろ身を退く年齢でございまする」

板倉周防守は天正《てんしょう》十四年（一五八六）の生まれで、今年で六十九歳になる。ほとんどの大名が還暦をこえたところで隠居するなか、板倉周防守はその有能さから、京都所司代という激務をこなし続けてきた。

「最後のご奉公となれば、板倉周防守もよろこんで身を差し出しましょう」

「むっ」

吉良義冬の言葉に、板倉周防守の忠義の厚さを知っている近衛基熙は反論できなかった。

「…………」

近衛基熙が苦い顔で黙りこんだ。

「……近衛さま」

しばらく待った吉良義冬が、ため息と共に呼びかけた。

「おまちがえになられては困りまする。幕府は高貴宮《あてのみや》さまのご即位に否やを申しておるのではございませぬ」

「なんだと……」

近衛基熙が驚いた。

「ではなぜ、認めぬ」

「今は認められぬと申しておりまする」

「……今は。ということは」

「はい。御宝算をお重ねいただければ、御上は高貴宮さまのご即位を歓迎いたしまする」

「むぅ」

吉良義冬の話に近衛基熙が悩んだ。

「間に入るお方を出せと」

「さようでございまする。こちらといたしましては、天皇家とはいえ、例外を作りたくないだけ。ああ、もちろん、他にお方がいらっしゃらない場合はやむを得ないと思っておりまするが、今回は兄君があらせられる。しかもご母堂のご身分にも不足はない」

確かめた近衛基熙に吉良義冬がうなずいた。

「なかを繋がれるお方……」

近衛基熙が繰り返した。

「わたくしが申しあげることはこれだけでございまする。ご無礼をお許しいただきたく存じまする」

吉良義冬が手を突いて謝罪した。

「詫《わ》びは要らぬ。麿《まろ》は東《あずま》におるはずではないのだからな。麿は今ごろ屋敷で熱を出して寝ておるはずじゃ」

近衛基熙が笑いながら手を振った。

二

「後は頼む。儂《わし》は下打ち合わせをしておく」

歳の近い三郎《さぶろう》に近衛基熙の相手を任せ、吉良義冬は大老酒井《さかい》讃岐守《さぬきのかみ》忠勝《ただかつ》のもとへと出かけていった。

「血腥《ちなまぐさ》い武家の血を汚れなき皇統に入れるなど大罪じゃ」

三郎だけになった客座敷で、近衛基熙が厳しい声で言った。

「………」

三郎は反応しなかった。

「とは表向きよ。もとを正せば、天皇家も東征しておるのだ。戦いもしただろうし、天皇自ら敵を討たれたこともあろう。今更、血腥いもなにもあるものか。公家も同じじゃ。藤原鎌足《ふじわらのかまたり》の末だと誇っておるが、蘇我入鹿《そがのいるか》と蝦夷《えみし》を斬殺《ざんさつ》して権力を握ったのだぞ。その子孫が武家をあげつらうなど……滑稽《こっけい》千万」

近衛基煕が吐き捨てた。

「武家も武家じゃ。腰に刀を差しておるからと、人を脅しおって。祖をたどれば、荘園の警固のため、公家に雇われた暴れ者であろうが」

「……近衛さま」

「ああ、すっきりいたしたわ」

驚いた三郎に近衛基煕が笑った。

「そなたの父は、ほんまに武家か。まるで年経た公家のように、麿を翻弄《ほんろう》したやないか。まったく、朝議でもあそこまでは言われへんで」

ふたたび近衛基煕が口調を崩した。

「申しわけもございませぬ」

父のことを言われたのだ。三郎が頭を下げた。

「ああ、おまはんはええねん。今はな。おまはんも二十年したら、ああなんねんやろうなあ」

近衛基煕が手を振りながら、吉良義冬が去っていったほうを見た。

「もっとも、麿もいやらしゅうなっとるけどな」

「………」

反応に困った三郎は沈黙した。

「それあかん言うたやろ。黙ったら、認めたことになるちゅうて。こういうときは、嘘でええから、違うと言い。それがでけへんと女で苦労するで」

「近衛さまはご正室をお迎えに」

「まだ麿は七歳やで」

「十歳はこえておられるかと……」

三郎が絶句した。

「どうやら麿は曾祖《そうそ》父《ふ》の後《ご》陽成《ようぜい》帝のお血が色濃く出たようでな、身体は大きいねん。大伯《おおお》父《じ》の後水尾上皇さまも、五尺六寸（約一メートル六十八センチ）にお近いし」

近衛基熙の祖父信尋《のぶひろ》は、後陽成天皇の第四皇子で、後水尾上皇の弟にあたる。

「摂関家に生まれたら、早《はよ》う大人にならんとあかん。食いものにされてまうでな」

近衛基熙が首を横に振った。

「とくに近衛の家柄は、垂涎《すいぜん》の的やさかいなあ。麿を引き取ってくださった後水尾上皇と女二宮《にのみや》さまがおられへんかったら、今頃五山十刹《ござんじっせつ》のどこかで小僧にさせられてるか、名前を変えて仏になってるか……」

　とても七歳とは思えない表情を近衛基熙が見せた。

　近衛基熙の父尚嗣《ひさつぐ》が正室との間に男子なく早世したとき、後水尾上皇の一声で家督を継承した。もし、それがなければ、まさに近衛の家督は他の五摂家、親戚《しんせき》筋の公家によって奪い合われ、系統も無茶苦茶にされていた。

「………」

「ええか、いずれそなたも京《きょう》へ来るやろう。そのときに思い知るわ。御所は魑魅魍《ちみもう》魎《りょう》の住まうところや。そして公家は皆鵺《ぬえ》や」

　息を呑《の》んでいる三郎に、近衛基熙が告げた。

「ほんまのところは、もうちょっと童《わっぱ》でいたかったんやけどなあ」

　近衛基熙が遠い目をした。

「今回、麿が江戸へわざわざ来たのも、もう一人前の公家や、朝廷のために働けるという証を見せるためや」

「そのために、江戸まで下向を」

　三郎が驚いた。

「子供の足で京から江戸は辛《つら》いけどな、せんとまずいねん。今はまだご壮健であられるから、麿は後水尾上皇さまの袖《そで》に守られているけどな、もし……これ以上は臣下として口にしたらあかんことや……まちがいなく子供に五摂家筆頭の当主は務まらんと言い出す奴が出てくる。それに対抗できんと坊主や。毎日粥《かゆ》ばっかり喰《く》わされて、女に触れることもでけへん。そんな一生は嫌やしな」

近衛基熙が頭を撫《な》でた。

「なにより麿には、天皇家の血を引く五摂家筆頭近衛家の血を残す仕事がある」

「畏《おそ》れ入りましてございまする。わたくしはまだまだ甘えていたと身に染みましてございまする」

覚悟を見せた近衛基熙に、三郎が心から感服した。

「歳若の麿が言う言葉ではないけどな、子供のときは短いで。大事にしいや」

「お言葉心に刻みましてございまする」

三郎が低頭した。

「そう堅くなりな。麿のほうが幼いねんで」

近衛基熙が苦笑した。

「どうや、互いにいずれは利害がぶつかって争うことになるやろうけど、そうなるまでええさかい、友誼《ゆうぎ》を結ばへんか」

「わたくしと近衛さまが」

近衛基熙の提案に、三郎が目を大きくした。

「ほうや。麿は明日江戸を発《た》って京へ戻る。またぞろ妖怪《ようかい》の棲処《すみか》で生きていくんや。たまには愚痴もこぼしたくなるわ。そのとき手紙でええから、聞いておくれな。もちろん、そなたの文句も聞く」

一度そこで近衛基熙が間を開けた。

「……それに京都所司代を通さない道が京と江戸にあってもええやろ」

近衛基熙が声を低くした。

「……それはっ」

三郎が絶句した。

「あかんか」

「とんでもない。よろこんで」

ちょっと情けなさそうな顔をした近衛基熙に、三郎があわてて首を縦に振った。

「安堵したわ。断られたらどないしょうと思ってた」

近衛基熙が破顔した。

「ところで、そろそろ腹が空《す》いた。夕餉《ゆうげ》はなんや」

「これは気付きませんで。誰ぞ」

もう一度情けなさそうに目尻《めじり》を下げた近衛基熙に、三郎が急いで家臣を呼んだ。

「御用でございましょうや」

客間の襖《ふすま》がすぐに開いて、小林平八郎《こばやしへいはちろう》が顔を見せた。

「近衛さまと平松《ひらまつ》さまにお食事を」

「ただちに」

すでに用意されていたのだろう、小林平八郎の合図で膳《ぜん》が三つ運びこまれた。

「うまそうじゃ」

「御所《ごしょ》はん、まずは毒味を」

平松清麿《きよまろ》が、箸《はし》を摑《つか》んだ近衛基熙を制した。

「かまわへんわ。今更吉良が麿をどうこうする気はないやろ。やる気やったら、毒なんぞ使う意味はない。他人目《ひとめ》のない屋敷のなかやぞ」

近衛基熙が平松清麿に文句を付けた。

「昼餉のときはしゃあないと思うたけど、もうええやろうが」

「……それは」

言われた平松清麿が戸惑った。

「喰らうわ」

さっさと近衛基熙が箸を付けた。

「……うまいのぉ」

一口米を口に運んだ近衛基熙が感嘆の声を漏らした。

「炊きたてというのが、ここまでうまいとは知らなんだ」

近衛基熙が米を何度も続けて口に運んだ。

「お屋敷でも暖かいものは召しあがられませぬので」

「毒味があるでなあ」

米を呑みこんだ近衛基熙が応じた。

「先ほども申したように、近衛家の主というのは、五摂家でも別格であってなあ。麿をこの世から排除して、その座を吾がものとしたい者は山ほどおるわ。そして、我が家に勤める者が、すべて清廉だとは思えへん」

菜に箸を伸ばしながら近衛基熙が続けた。

「どこにいようとも毒味は欠かせん。道中の宿での食事も毒味をしてからでなければ、口にできなかったんや」

近衛基熙が菜の煮物を口に運んだ。

「そこまで……」

三郎が驚いた。

「公家には名前しかない」

菜を胃に落としこんで近衛基熙が述べた。

「関白じゃ摂政じゃといったところで、役料があるわけでもなし。朝議だといったところで、なんもせえへん。一応集まりはするが、話は他人《ひと》の悪口ばかりらしい」

さすがに朝廷も無位無冠の近衛基熙を朝議に呼び出すほど、暇ではない。

「とはいえ、朝議は朝廷の権威。なにも決まらず、なに一つ効力がなくても、欠かさずおこなわれる。これが問題や」

味噌《みそ》汁《しる》を近衛基熙が口にした。

「いささか辛いわ」

近衛基熙が眉《まゆ》をひそめた。

「申しわけございませぬ」

「気にせんでええ。これが武家の味付けというやつやろう。京風は、もっと塩気が少ないねん。これも飯と合わせたらちょうどええしな」

恐縮した三郎に、近衛基熙が手を振った。

「郷に入れば郷に従えや。道中でも熱々は喰えなんだけどな。田舎の味を楽しんだわ。もちろん、口に合わんかったもんもある。それも含めての旅や」

次々と箸を動かしながら、近衛基煕が礼儀を気にせず、語り続けた。

「五摂家の当主で京を離れた者《もん》なんぞいてへんわ。離れたところで大坂か、淡海《おうみ》までや。箱根どころか関ケ《せきが》原《はら》もこえてへん。つまり、五摂家で麿だけが、江戸を知ってる」

近衛基煕が笑った。

「これは大きいで」

「まことにそう思っていただけましょうか」

「ああ、ほんまにそうやと思うてるわ」

食べ終わった近衛基煕が箸を置いた。

「孫子《そんし》の兵法やったかなあ、よう覚えてへんけど……彼を知り己を知れば百戦して殆《あやう》からずというのがあるやろ」

「はい。知彼知己、百戦不殆。不知彼而知己、一勝一負。不知彼不知己、毎戦必殆の最初のところでございまする」

「さすがは高家や、よう覚えてるわ」

近衛基熙が三郎を褒めた。

「なあ、三郎。これから朝廷と幕府はどうしていくべきやと思う」

「ともに手を取り合って、天下の平穏を続けていかねばなりますまい」

「建前やな」

「…………」

「できると思うか」

「……できましょう。いえ、やらねばなりませぬ」

問うた近衛基熙に、三郎が少し考えて答えた。

「朝廷に我慢をしいる気か」

近衛基熙の目がきつくなった。

「そのようなことは……」

「ないというなよ」

「…………」

三郎は言葉を出せなかった。

「今回のことでもそうや。こっちは高貴宮さまに皇統をと話を持ってきたんやで。これは主上《しゅじょう》のお気持ちや。しかし、それを左少将《さしょうしょう》はあっさりと拒んだ」

「それ……」

「ああ、わかってるで。左少将一人の考えやないとな。幕府の考えを前もって左少将は麿に教えてくれたんや」

「ありがとう存じまする」

父への気遣いに、三郎は礼を言った。

「わかってるんか。幕府は主上の願いを踏みにじったんやで」

「うっ」

あらためて言われた三郎が絶句した。

「武家はずっとそうや。朝廷を力で押さえつける。これで朝幕一体やなんて、よう言うたもんや」

「…………」

責められた三郎がうつむいた。

「力なき者はなにも言えぬ。それを知っておけ、三郎」

「……力を持てと」

「そうや。麿も同じじゃ。今の麿は使い走りでしかない。とても朝廷に影響なんぞ及ぼされへん。しゃあけどな、このままでおくつもりはない。近衛家は主上をお守りする最後の盾であり、朝廷が戦うとき最初の矛となる家や。麿は、かならずそれにふさわしい者になる」

近衛基熙が宣した。

「いずれ、そなたと真剣に戦える日が来ることを待ってるで」

言い終えた近衛基熙が、三郎を見つめた。

三

翌早朝、吉良の家臣二人を護衛として、近衛基熙は江戸を去った。

「金は遣え。なんとしても近衛さまを無事にお屋敷へお届けせよ」

吉良義冬は、家臣二人に厳命し、五十両という金を渡した。

「余りはそなたたちの帰路に入り用なぶんを除いて、平松どのにな」

まだ家督を継いでいないとはいえ、平松清麿は近衛の家宰《かさい》の家柄である。平松に渡すというのは、近衛に渡すも同じであった。

「承知」

近衛基熙を囲んで、一同が出立した。

「…………」

じっと駕籠《かご》を見つめている三郎を見た吉良義冬が門番に命じた。

「門を閉じよ」

門番があわてて表門を閉じた。

「あっ」

思わず三郎が声を漏らした。

「目立つであろうが」

吉良義冬が三郎に注意した。

旗本の表門は、当主、一族、重臣、来客でもなければ、そうそう開かれるものではなかった。まだ朝靄《あさもや》の残る早朝に表門が開かれる。これだけでも周囲に疑問を抱かせかねない。

「はい」

三郎が従った。

「付いて参れ」

まだ登城時刻には間がある。吉良義冬が、三郎を居間へと誘《いざな》った。

「なにを言われた」

居間に座った吉良義冬が三郎に訊《き》いた。

「朝幕の関係が……」

三郎は素直に語った。

「なんとも恐ろしい御仁よ。童の皮を被《かぶ》った妖怪よな」

吉良義冬が感心した。

「近衛さまはな、そなたの心に朝廷への負い目を打ちこんでいったのよ」

「わたくしの心にでございまするか」

「そうよ。たしかに幕府は朝廷を圧しておる。今回のことでもそうだ。主上のお気持ちを拒んだ。だが、これは天下太平のためにやむを得ぬからである」

「天下太平のため……」

「そうよ。少し歴史をひもといてみるがいい。源氏が鎌倉《かまくら》に幕府を建てて以来、世が乱れるときは、かならず朝廷がからんでおる」

「朝廷が原因だと」

「そうじゃ。朝廷はな、幕府が落ち着いているときはおとなしい。だが、幕府が立ちあがりかけているとき、長く続いて緩みがでたとき、朝廷がうごめく」

「うごめく……」

「ああ。幕府のなかにくさびを打ちこみ、将軍と従属している大名の間にひびを入れていく。さすがに元寇《げんこう》は違うだろうが、応仁《おうにん》の乱はそうやって起こされ、足利《あしかが》将軍家は滅びの道をたどらされた」

「………」

　三郎は混乱した。

「昨日のことを思い出せ。和子さまがお産みになった皇子お二人のことを」

「亡くなられた皇子お二人」

「違うぞ。害された皇子お二人じゃ」

　吉良義冬が首を横に振った。

「あれによって朝廷は、皇統に武家の血を入れぬと宣言したのだ」

「ですが、明正《めいしょう》天皇は和子さまの……」

「女帝では、皇統に血が残らぬ。女帝は独り身じゃ。決して夫を持つことは許されぬ。もちろん、高御《たかみ》座《くら》に上られる前にご婚姻をなされていたときは別だがな」

　吉良義冬が続けた。

「もともと女帝というのは、男子の継承に問題があるとき、その繋ぎとしてなされるもの。日嗣の御子が幼すぎる、あるいは皇統に男子がいないなどだな」

「わかりまする」

高家としての学びに、皇統についてもある。三郎はかつての女帝持統《じとう》天皇、斉明《さいめい》天皇たちを思い出していた。

「明正天皇は違った。なにせ、徳川の血を引く皇子はもういない。中継ぎという意味はない。なにより女帝にしてしまえば、生涯独り身よ。血筋が残せない」

「ではなぜ」

三郎が首をかしげた。

「嫌がらせと前例作りだ」

「……嫌がらせでございまするか」

皇統を嫌がらせに使う。三郎が驚いた。

「後水尾天皇にはお血筋が多い。中宮である和子さま以外の女が産んだ皇子が何人もいた。中宮から産まれた皇子が正統なのはいうまでもないが、そのお方が亡くなられたのだ。当然、皇位は他の皇子へ行くのが普通だ。しかし、御上は裏の事情を知っている。そこで無理矢理圧力をかけて明正天皇を誕生させた」

「後水尾上皇さまがよくぞお認めに」

三郎が後水尾上皇の妨害はなかったかと暗に訊いた。

「後水尾上皇さまもお怒りであった。徳川の血筋を皇統に入れたくないというならば、他にもやりようはある。それを頑是ない子供の命を絶つなど許しがたしとな」

吉良義冬が口の端を吊《つ》り上げた。

「もっとも、そのお怒りがなければ、御上は報復していた」

「報復……まさか」

三郎が大きく震えた。

「なにを考えた。まさか、御上が弑逆《しぎゃく》をすると思ったか」

「……はい」

厳しく問われた三郎がうつむいた。

「今でも無理なのだぞ。あのころ御上が弑逆をおこなっていれば、天下なんぞ吹き飛んだであろう。すぐにでも朝廷は徳川の非道を声高に訴え、朝敵の烙印《らくいん》を押し、ただちに外様大名たちに徳川追討の詔を出しただろう」

「朝敵の汚名は辛いものではございますが、外様大名の相手など、防げましょう。島津《しまづ》、毛利《もうり》、黒田《くろだ》、浅野《あさの》らが江戸へ攻めようにも、越前《えちぜん》にご親藩あり、尾《お》張《わり》、紀州《きしゅう》に御三家あり、そして箱根の関所には稲葉家がございまする」

問題なかろうと三郎が言った。

「松平《まつだいら》に源氏長者を許すと朝廷が誘えば……尾張徳川に将軍宣下をすると誘えば……稲葉家を朝敵とすると脅せば」

「そんなことが……」

吉良義冬の言葉を三郎は信じられなかった。

「稲葉家は春日局さまの……」

「夢を見るな」

言いかけた三郎を吉良義冬が止めた。

「天下は力の強い者が獲《と》る。徳川家が天下人になれたのは、豊臣家よりも強くなったからだ。だから、諸大名は家康さまのもとに集まった。その多くは豊臣家に取り立てられた者、豊臣家に従っていた者たちぞ」

「譜代大名も状況次第では徳川家を裏切ると」

「うむ」

はっきりと吉良義冬が首肯した。

「わかったか。徳川家に対抗しようと考えている者に大義名分を与えてはならないのだ」

「はい」

三郎がうなずいた。

「で、嫌がらせとは」

「明正天皇さまが即位なされている間に、他の皇子たちが死なぬとは限るまい」

「ひっ」

冷たく告げた吉良義冬に、三郎が小さく悲鳴をあげた。

「御上は手出しをせぬ。だが、病はどこにでもある。とくに子供はかかりやすい。七歳までは神のもとというのは、それだけ子供が死にやすいということ」

「なにもなさらぬと」

三郎が先ほどの衝撃から立ち直った。

「ああ、なにもせぬ。求められてもな」

「…………」

その意味を悟った三郎が固まった。

「神君《しんくん》家康さまのお考えで、天下の名医は御上が抱えておる」

「見殺し……」

「聞こえの悪いことを申すな。ただ幕府医官は宮家を拝診できる身分ではない。それだけじゃ。幕府医師は朝廷にとってすべて陪臣だからな」

徳川家が形だけとはいえ、朝廷の家臣なのだ。当然、徳川に仕える医師たちは、朝廷から見れば陪臣になる。町医者ならば、朝廷が一時的に典薬寮《てんやくりょう》の薬医として、七位、六位にできるが、陪臣に官位を与えるには、主君の許可が要る。

　これを破れば、家中の秩序が乱れる。主君たる大名が従六位下《じゅろくいのげ》でしかないのに、朝廷がその門番足軽を従四位下《じゅしいのげ》に任じればどうなるか。藩主は門を通るたびに、門番へ手を突いて礼をしなければならなくなる。

秩序の乱れを朝廷が生み出すことになる。そして、それは朝廷へ跳ね返る。何位という地位が意味をなさなくなるのだ。朝廷の権威など、吹き飛んでしまう。

皇子の命と朝廷の根本たる秩序、秤《はかり》にかけるとどちらに傾くか。言うまでもなかった。

「で、では、前例というのは」

三郎が露骨に話題を変え、逃げた。

「女帝とはいえ、徳川の血を引いたお方が高御座に上がられた。これは大きな前例だ。今後、徳川の血を引く皇子さまが出られたとき、朝廷は武家の血はふさわしくないと言えなくなる。そのために幕府は、二人の皇子のことを黙ったのよ」

「なるほど」

三郎が納得した。

「今、話したことを外へ漏らすな」

そろそろ刻限だと、吉良義冬が登城のため腰を上げた。

鞆初衛門《ともはつえもん》は、吉良家の大門が一度開かれ、当主が見送りに出たのを見た。

「左近衛少将《さこんえのしょうしょう》という高位の高家が、早朝に出立する人物を見送った。あれは誰だ」

今見た風景を鞆初衛門は吾が目が信じられなかった。

幕府に属している者で、高家からそれだけの対応を取られる者はそうそういない。

まず、幕府で従四位下という官位は、高家、御三家、越前松平家くらいである。

老中も侍従に任じられるが、出ていった者とでは年齢が合わなかった。

「どうする」

このまま吉良家を見張り続けるか、出ていった者を追うかで悩んだ。

「得体の知れぬ者を放ってはおけぬ」

鞆初衛門は、急いで近衛基熙を追った。

お忍びである近衛基熙は、駕籠を使わなかった。駕籠は江戸城の門を通るとき、戸を開けて顔を出さねばならない。門番を担当している数万石ていどの外様大名、大番組《おおばんぐみ》、書院番組《しょいんばんぐみ》が近衛基煕の顔を知っているとは思えないが、駕籠の扉を開けるだけでも注目を集める。それなら、最初から顔をさらけ出していたほうが、まだ目立たなかった。

「御免」

「通れえい」

吉良家から付けられた警固の侍が一礼し、慣例どおりに門番の書院番士が手を振る。

こうして近衛基煕は無事に江戸城から離れた。

「御駕籠を用意いたしましょうか」

吉良の家臣が近衛基煕に問うた。

「いや、まだよい。江戸の街を名残に見ようほどにな」

近衛基煕が首を横に振った。

「駕籠に乗ったほうがよいか。目立つというならばそうするぞ」

三郎に対する口調とは違い、堅く近衛基煕が警固の侍に問うた。

「いえ、近衛さまさえ、よろしければ」

警固の侍が首を横に振った。

「そうか」

近衛基熙が微笑んだ。

「武家風というのを先祖の前久《さきひさ》さまが好まれたというでな、麿もしてみたかったのよ。加冠の前でなければ、できぬしの」

戦国末期の関白近衛前久は、公家には珍しく武張《ぶば》ったまねを好んだ。織田信長《おだのぶなが》や上杉謙信《うえすぎけんしん》と交流し、一度は北条《ほうじょう》攻めをする上杉謙信に随伴して関東へ下向したこともあった。

「……近衛だと……まさか」

前の会話が聞ける間合いで跡を付けていた鞆初衛門が驚愕《きょうがく》した。

「これは、お報《しら》せせねば」

鞆初衛門が、走った。

忍の足は早い。とくに山師として鉱脈を探し山中を駆け回った世鬼《せき》忍は足腰をなにより鍛える。

「……殿、お報せせねばならぬことが」

小《こ》半刻《はんとき》（約三十分）ほどで鞆初衛門は、毛利長門守の前に膝《ひざ》を突いていた。

「申せ」

毛利長門守が、鞆初衛門を促した。

「よろしいのでございましょうか」

他人払《ひとばら》いをしなくていいのかと鞆初衛門が側近たちの顔を見た。

「ふん。この者らは人形じゃ。余のためにならぬ者など、武士ではない」

毛利長門守が侮蔑《ぶべつ》した。

「…………」

小姓《こしょう》や近習《きんじゅ》たちが無表情のまま、反論もしなかった。

「まことに……」

「くどいぞ、初衛門」

「申しわけございませぬ」

そこまで言われれば、どうしようもない。

鞆初衛門は詫びを述べた後、近衛基煕のことを話した。

「近衛だと……あの近衛か」

「あいにくわたくしめは、近衛さまのお顔を存じあげておりませぬので、まちがいないかと言われましても……」

確認する毛利長門守に、鞆初衛門が身を小さくした。

「吉良の屋敷から出てきた。しかも表門を開けて。となると、少なくとも左少将よりは格上か」

「左少将さまもお見送りでございました」

出立の場面を思い出した鞆初衛門が付け加えた。

「なんじゃと。左少将が見送りにだと」

毛利長門守が身を乗り出した。

多少格が落ちても、来客は見送るのが家主の礼儀であった。とはいえ、それにも格があり、同格、格下は玄関式台まで、門の外までとなれば、本家筋、主君、あるいはよほど高位の人物でなければ、おこなわれない。

「確かめる価値はあるの。初衛門、その近衛と思われし者を連れて参れ」

「……こちらへでございますか」

命じられた鞆初衛門が驚愕した。

近衛家の当主だとした場合、毛利家との格が違いすぎる。

「慮外者《りょがいもの》」

そう言われてしまえば、なにもできなくなる。無理強いして近衛家が毛利家を訴えれば、取り潰しもあり得る。

「本物だと限るまい。いや、偽者であろう。きっとな。本物なれば、前触れが幕府にあり、諸大名にも通知が出される。それがないということは、偽者あるいは、お忍びのどちらかじゃ。どちらも表に出ては困ろう。偽者なれば、吉良の屋敷から出てきたことを表沙汰にすると脅す材料になる。そして本物ならば、直接余の昇爵《しょうしゃく》を頼める。どちらにせよ、余を咎めることはできぬのだ。近衛じゃ、一条じゃと申したところで、それは京なればこそ、力を発揮する。江戸では、ましてや街道筋となれば、名乗りをすることもできまい。家名に傷が付くからな」

「はあ」

得意げに言う毛利長門守に鞆初衛門が曖昧《あいまい》な答えをした。

「わかったならば、行け。瀬木《せき》衆を使っていい。なんとしても連れてこい」

「はっ」

主命とあれば拒否はできない。

鞆初衛門が平伏して受けた。

四

毛利長門守の側で鞆初衛門との遣《や》り取りを聞いていた近習が顔色をなくした。

「五摂家筆頭の近衛家を攫《さら》う気か」

近習は隣にいる同僚を見た。

「………」

同僚も蒼白《そうはく》になっていた。

「………」

無言で近習がうなずいて見せた。

「殿」

「なんじゃ」

「本日はいかがなさいましょう。お出かけになられますや」

顔を向けてきた毛利長門守に近習が問うた。

「そうよなあ」

ちらと毛利長門守が外を見た。

「よき日和じゃが、そろそろ風が寒い。このままでよい」

「では、酒《ささ》など用意いたしましょうや」

「よいの。用意いたせ」

「はっ。では、服部《はっとり》どの」

うなずいた毛利長門守に頭《こうべ》を垂れてから、近習は隣の同僚に合図をした。

「承ってござる」

一礼して、同僚が御座《ござ》の間を出ていった。

「そなたが行くのではないのか」

「あの者のほうが近《ちこ》うございますれば、わたくしが動くより埃《ほこり》が立ちませぬ」

疑うような目で見た毛利長門守に、近習が答えた。

「たしかにの。少し疑心暗鬼になっていたようじゃ」

毛利長門守が納得した。

酒の用意を任された服部と呼ばれた同僚は台所で指示を出した後、御用部屋へ駆けこんだ。

「なんじゃ、うるさい」

足音に江戸家老福原《ふくはら》が眉間《みけん》にしわを寄せた。

「一大事でございまする」

服部が福原に迫った。

「なにごとぞ。一大事とは軽々《けいけい》に使うべきものではない。落ち着いて話せ」

福原が服部を叱った。

「殿が、殿が……」

「落ち着け」

もう一度福原が服部を宥《なだ》めた。

「さきほど、瀬木衆の初衛門と申す者が……」

ようやく服部が内容を語れた。

「……ば、馬鹿な」

福原が呆然《ぼうぜん》となった。

「捕まえてこいと仰せられたのだな」

「はい」

もう一度確認した福原に服部が首肯した。

「わかった。よくぞ報せた。そなたは殿のもとへ戻っておれ。気取られるなよ」

「はっ」

服部が酒を取りに台所へと去っていった。

「なんということを」

残った福原がため息を吐いた。

「本物であれば、論外。たとえ偽者でも近衛という苗字《みょうじ》がお止めになっているわけではない。名乗りだけでは罪には問えぬ。近衛も近江《おうみ》だとか、是枝《これえだ》もある。それを攫うなど……」

福原が震えあがった。

「いかがいたしましょう」

「陰腹切ってお諫《いさ》めして、効果があるならば切腹するくらいは、してのけるが……とてもあの殿では意味がない」

切腹したところを晒《さら》してきつく巻いて、出血と内臓のあふれ出るのを押さえ、その状態で諫言《かんげん》することを陰腹と呼んだ。

即死しては意味がないので、あまり深くは切らないし、首の血脈を断って止めとすることもない。斬り方や年齢、体力の有る無しで大きく変わるが、概《おおむ》ね半日くらいは生きていられる。とはいえ、腹を割いているのだ。医者を呼ぼうが助かることはない。

まさに命を賭《と》しての諫言であり、ほとんどの場合、効果は出た。

しかし、法を守らなければならないという当たり前のことさえ、理解できていない毛利長門守相手に、通じるかどうかはかなり難しい。

「そこまでして、余を侮りたいか」

「死ぬほど余に仕えたくないと申すのだな」

こうなれば福原の陰腹が無駄になる。

福原は悩んだ。

「瀬木衆を止めるか」

福原は藩士たちの通用口である脇門へ急いだ。

「鞆初衛門は通ったか」

「これは御家老さま。……鞆初衛門でございますか。はて、どのような」

関ヶ原の戦いで豊臣秀頼《ひでより》から軍配を預けられていたことを理由に、百二十万石を三十万石まで減らされたとはいえ、毛利家に仕える者の数は多い。門番とはいえ、そのすべての顔を覚えてはいなかった。

「……このような風体の者じゃ」

「それならば、つい先ほど」

「遅れたか」

福原が歯がみをした。

「いかがなされました」

「…………」

理由を訊いた門番を無視して、福原は御用部屋へと戻った。

「今から藩士を出し、追いかけさせるか。いや、理由はどうあれ主命には違いない。それを撤回するだけのものが……ない」

武士にとって主命は重い。いかに家老とはいえ、正当な理由なくして撤回を命じることはできなかった。

「家臣たちを出して追いかけさせるか」

鞆初衛門らが近衛基熙と接する前に取り押さえられればなによりであるが、瀬木衆にしてみれば、毛利長門守の命を果たし、手柄を立て立身したいのだ。当然、黙って押さえられてはくれない。抵抗は激しいものになる。

「まさか、町中や街道筋で闘争をするわけにもいかぬ」

もし、毛利の名が出れば、幕府は待ってましたとばかりに毛利を咎めにくるだろう。すでに毛利長門守は武家《ぶけ》諸法度《しょはっと》を無視するなど、幕府の怒りを買っている。これ以上の失点は、なんとしても避けなければならなかった。

「当家での対処は難しい。だが、放置していてはもっとまずい」

知っていてなにもしないのは、加担したのに等しい。幕府は知らぬ存ぜぬを許してはくれない。

「……となれば、他人に任せる。いや、押しつけるしかないの」

決断した福原が声をあげた。

「辰巳《たつみ》をこれへ」

福原が腹心を呼んだ。

しばらくの間、登城をしなくてよいと言われた三郎は、公家補任を読み解いていた。

公家補任とは公家の出生、官位、死没などが記されたもので、平安《へいあん》のころから延々と記録が続いている。

「さすがに平安は要らぬ。かかわってくるのは関ヶ原以降、慶長《けいちょう》年間からでいい」

三郎は父から聞いた幕府と朝廷のかかわりを調べようとしていた。

石田《いしだ》三成《みつなり》を破って天下人となった関ヶ原の合戦から、二年という短い期間で、徳川家康は征夷大将軍《せいいたいしょうぐん》になっている。まだ大坂の豊臣家は全国の鉱山、蔵入り地を没収されたとはいえ、摂津《せっつ》、河内《かわち》、和泉《いずみ》で六十万石をこえる領地を持っているだけでなく、加藤清正《かとうきよまさ》、福島正則《ふくしままさのり》、浅野幸長《あさのよしなが》ら家臣の大名、前田利長《まえだとしなが》、上杉景勝《うえすぎかげかつ》、佐竹義《さたけよし》宣《のぶ》ら親交の深い大名もいる。なにより、豊臣家には金があった。

「豊臣の名前と金を怖れられたのか、家康さまは」

三郎は徳川家康が征夷大将軍になるのを急いだ理由をそうではないかと推察した。

「金さえあれば、名のある牢人を抱えることもできる」

関ヶ原の合戦で石田三成に付いた大名たちは、ほとんどが改易の憂き目に遭った。そうでなくとも大幅な減封を受け、従来の戦力を維持できなくなり、家臣の放逐をおこなった。

他にも主君と仲違《なかたが》いをして、禄《ろく》を離れた者もいる。

有名どころだけでも、大名格の禄を食《は》んでいた後藤又兵衛《ごとうまたべえ》、薄田兼相《すすきだかねすけ》らがいた。

一騎当千とまでは言わないが、一騎当十くらいでよければ、ごろごろいる。

それらを豊臣家は雇える。

人だけではない。豊臣家の領地には、天下の湊堺《みなとさかい》があった。一応、徳川家から代官が出され、見張られているとはいえ、抜け穴なんぞいくらでもできる。

「南蛮渡来の大筒でございまする」

「新式の鉄炮《てっぽう》でございまする」

「硝石、弾薬はいくらでも」

基本、商人は金を儲《もう》けるためにあるのだ。徳川家が禁じたところで、堺の商人がかならず従うものでもなかった。

なにせ、まずいとなれば船に家財道具、一族郎党を連れて海へ逃げてしまえばすむ。

　さすがに大坂湾に徳川の水軍は展開していない。大坂湾は豊臣家の領地であり、形としては、徳川家は豊臣家の家臣でしかなかったからだ。

　だが、それを座して見ていては、関ヶ原での勝利、その価値がなくなってしまう。すでに徳川家康は老境に入り、いつ病に伏してもおかしくはない。家康を失ってしまえば、徳川家はどうなるかわからない状況であった。

「豊臣と同じ運命をたどることを怖れられた」

　三郎には徳川家康の焦りが見えた。

「そもそも豊臣とはなんだ。出自さえあきらかではない。尾張の百姓だとも、三河《みかわ》の商人だとも言われている。豊臣秀吉の前半生はほとんどわかっていなかった。尾張半国の領主織田信長の足軽であったことはわかっているが、それ以前についてはあやふやなのだ。

「京の御所へご奉公に上がっていた母に主上が手を付けられ……」

関白になるかならぬかのあたりで、豊臣秀吉は貴き血を引いているとまで言い出している。

「それが言えるということは、出自がはっきりしていない証である」

どこそこの武士あるいは、庄屋の息子だとかだと、身内や菩提寺《ぼだいじ》などの証拠があり、そんな突飛な話は出せない。

「豊臣秀吉は、一代で天下人になりあがった。これはたしかである」

三郎が断言した。

「ただ、その天下を譲る相手に恵まれなかった」

豊臣秀吉の子供については、四人とも五人とも言われている。

「そのうちの一人は織田信長公の四男秀勝《ひでかつ》どの。跡継ぎがいないことで主君の息子を養子にもらった。これはさほど珍しいものではない」

下剋上《げこくじょう》が当たり前で、今のように忠義というのが確定していない乱世である。手柄を多く立てた家臣というのは、頼りとなると同時に脅威でもあった。

当たり前の話だが、手柄を立てれば褒美を出さなければならない。信賞必罰こそ、政《まつりごと》の根本でもあり、そうすることで家臣の忠誠を向けさせる。

とはいえ、手柄のたびに領地を与えていれば、どんどん家臣の力が増える。もちろん、それ以上に主君の勢力は増しているが、それでも無視できなくなる。

「最近、あやつは態度が大きい」

「どうも怪しげな動きがある」

陶晴賢《すえはるかた》、宇喜多直家《うきたなおいえ》らを例に出すまでもなく、下剋上が乱世の定めなのだ。いつ、家臣に寝返られるかわからないとなれば警戒もするし、謀叛《むほん》をするだけの力を削《そ》ごうとする。

「手柄を立てておいて……」

家臣にしても疑われてはたまらない。

そこで、主君と家臣両方の思惑が一致し、養子縁組になる。

家臣の家に適齢の男がいて、主君に姫があれば婚姻という手段もあるが、それより養子が確実であった。

娘を降嫁させ、その間に生まれた子供に跡を継がせれば、その家臣の家も主君の一門となる。とはいえ、かならず娘が子供を、男子を産むとは限らない。それこそ下手をすれば、一門という名分だけを与えてしまうことにもなりかねない。

それに対して、息子を養子に出すのは確実に跡取りにできた。

主君の息子を養子にしておきながら、後を譲らないというのは裏切りますよと公言しているも同然であり、これ以上主君の血筋を馬鹿にした行為はなかった。

豊臣秀吉が織田信長の息子をもらったのは、跡継ぎどころか、一人の子供もいなかったからだ。

「豊臣秀吉がまだ長浜《ながはま》の城主だったころ、男子がいたという噂もあるが……信長公の息子をいただいたときにはいなかったのだろう」

残念ながら、その秀勝も早世した。

その後豊臣秀吉は浅井《あざい》長政《ながまさ》の遺児茶々《ちゃちゃ》との間に男子を二人儲けた。

「最初に生まれた棄丸《すてまる》は夭折《ようせつ》した。そして残ったのは秀頼だけ」

老いてから生まれた子供はかわいい。しかも待ち望んだ跡継である。豊臣秀吉は秀頼を溺愛《できあい》した。

「だが、秀頼が一人前になる前に秀吉は死んだ」

天下人たる豊臣秀吉の跡継ぎは、まだ十歳に満たない子供。

命を賭けて戦ってきた大名としてみれば、戦を知らない幼児に忠誠を尽くすのはおもしろくない。

一代の英傑であった豊臣秀吉だからこそ、膝を屈したのだ。

「母親に抱かれた子供に頭を下げねばならぬのか」

その不満に徳川家康がつけこんだ。

「戦場往来の経験もない子供に天下は保てまい」

「まさに」

「いつまた戦になるかも知れませぬというに、槍《やり》一つ使えぬお方では……」

徳川家康の誘いに諸大名が乗り、関ヶ原の合戦が起こった。

「勝った。天下は吾がものぞ」

徳川家康は勝利に歓喜した。

「天下を手になさったところで、家康さまは気付かれたのだろう。今度は徳川が狙われる番だと」

三郎は嘆息した。

「徳川家には豊臣家と違って、秀忠さまという立派な跡継ぎがおられた」

嫡男信康《のぶやす》の死後、徳川家康は次男秀康《ひでやす》ではなく、三男秀忠を嫡男にした。

「関ヶ原での勝利と元服をすませた跡取り。徳川家は安泰に見えたが、そのじつ大きな懸念が生まれてしまった」

数に劣っていた徳川家康方は、上手《うま》く調略を使い、勝利を摑んだ。

「そこに秀忠さまはいなかった」

徳川家の跡取りが、天下分け目にいなかった。

「秀忠さまは遅参された」

一つまちがうと徳川家の存続も危ぶまれる戦いに、秀忠は二万という軍勢を率いながら途中の小城にこだわり、間に合わなかった。

「戦下手」

「状況の読めぬ武将たる目を持たぬ者」

「支える能力のある家臣のない……人望なし」

関ヶ原の合戦直後から、諸大名のなかに秀忠を誹《そし》る声が出た。

「次代が不安……豊臣と同じ」

徳川家康が死ねば、秀忠では諸大名を抑えられない。

「それを家康さまは身に染みてご存じであった。ゆえに無理と思うほどの早さで、征夷大将軍となられた」

豊臣家はまだあるが、天下は徳川家康のものになった。朝廷もこういった動きには敏《さと》い。

「征夷大将軍に任じる」

関ヶ原の合戦からわずか三年で、徳川家康の求めに朝廷は応え、幕府を認めた。

「そしてわずか二年ほどで家康さまは将軍を秀忠さまに譲られた」

征夷大将軍が令外《りょうげ》になる。朝廷とは別のところで動く。

豊臣秀吉が関白という朝廷の枠内にあろうとしたのに対し、徳川家康は外で力を振るおうとした。

「豊臣秀吉の息子とはいえ、朝廷の範囲にあれば、すぐに関白というわけにはいかない。五摂家と同じように段階を踏まなければならない」

かならずというわけではないが、五摂家の当主は中納言《ちゅうなごん》あたりから始めて、大納言、内大臣、右大臣、左大臣を経て関白あるいは摂政にのぼる。これは前例である。豊臣も多少の優遇を受けるとはいえ、よく似た手順を踏まなければならなかった。おかげで、豊臣秀頼は秀吉が死んで家督を継いだとき、権中納言でしかなく、関ヶ原の合戦までそのままであった。

「征夷大将軍は親が引退すれば、そのまま嫡男に譲られるとの前例じゃ」

こうして徳川家康は秀忠に天下人たる権威付けをおこなった。

「さらに関ヶ原の合戦で徳川に敵対した大名を潰しただけでなく、味方した連中もわずかな傷で潰し、徳川に逆らおうとする芽を摘んだ」

三郎はじっと書物を見た。

「その次に家康さまが手を出したのが朝廷。朝廷と縁を結び、敵対をされないよう、支配できるようにと和子さまをときの後水尾天皇さまの中宮となされた。それに朝廷が反発した」

ようやく三郎は核心に近づいた。

「若さま」

そこへ小林平八郎が声をかけた。

「どうした」

三郎が思索から戻った。

「毛利家よりご使者がお見えでございまするが、いかがいたしましょう」

「なにっ」

小林平八郎の報せに、三郎が声をあげた。

第四章　謀りごとの明暗

一

三郎《さぶろう》は小林《こばやし》平八郎《へいはちろう》の言葉に、一瞬理解が追いつかなかった。

「もう一度申せ」

聞きまちがいではないかと三郎は問い直した。

「毛利《もうり》長門守《ながとのかみ》さまのご家中がお見えでございまする」

「……毛利がか」

三郎は首をかしげた。

去年の除目《じもく》で毛利家は昇爵《しょうしゃく》を願って、吉良《きら》家へ誼《よしみ》を通じてきた。ただ、それがあまりに少なかったため、吉良義冬《よしふゆ》は毛利の願望を後押ししなかった。それに怒った毛利長門守が家臣を刺客として出し、三郎を襲ったため、吉良義冬は絶縁を毛利家へ言い渡していた。

「はい。いかがいたしましょう」

小林平八郎も困惑していた。

家臣ではいかに絶縁宣言をしているからと、勝手に門前払いをするわけにはいかない。ひょっとすると、誰かの仲立ちで吉良義冬と毛利長門守が手打ちをしていることもあり得るためであった。

「会うわけなかろう。追い返せ」

「はっ」

吉良義冬が留守の間は、三郎が当主代わりとなる。

首肯した小林平八郎が、その旨を伝えに表門へと出向いた。

「お目にかからぬとのご諚《じょう》でございました」

小林平八郎が毛利家の使者を潜り門を開けることもせず、まさに門前払いをした。

「なにとぞ、なにとぞ、もう一度お話を。貴家の一大事にもなりまする」

「当家の一大事……とはなんでございましょう」

毛利家の使者辰巳《たつみ》の必死さに小林平八郎がさすがに引っかかった。

「ここでは申せませぬ」

「では、お取り次ぎできませぬ。貴家が当家のご嫡男さまになにをなさったか、知らぬとは言わせませぬ」

冷たく小林平八郎が拒絶した。

「それは重々承知いたしております。幾重にもお詫《わ》びをいたしまする」

言いながら、辰巳が両刀を外し、地面へ置いた。

「ご覧のとおり、身に寸鉄も帯びておりませぬ」

辰巳が懐までくつろがせて見せた。

「……用件をお聞かせ願いたい」

その覚悟に小林平八郎は敬意を見せた。

「今朝出立されたお方さまにかかわることだと」

「……しばし待たれよ」

今度は小林平八郎の顔色が変わった。

「……若さま」

足音を立てて小林平八郎が、三郎のもとへ駆けつけた。

「騒々しいぞ」

ふたたび中宮和子《ちゅうぐうかずこ》の一件で思索に入っていた三郎が、苛立《いらだ》った。

「毛利家の使者が……」

「まだ追い返せていないのか。なにをしている。しつこいのならば、吾《われ》が許す。水を掛けてやれ」

三郎が怒りを見せた。

「それが毛利家の用件は、どうやら近衛《このえ》さまにかかわることのようでございまする」

「なにっ」

小林平八郎に聞かされた三郎が息を呑《の》んだ。

「……わかった。通せ。玄関先ではなく、奥へだ」

「承知いたしましてございまする」

一礼した小林平八郎が三郎を見上げた。

「武者隠しに人は伏せまするか」

小林平八郎が訊《き》いた。

武者隠しとは、客間や主人の居間に沿うように造られた小部屋のことで、そのなかに数人から十人ほどの侍が控える。万一、来客が主君を害そうとしたら、襖《ふすま》や押し入れ、壁などに偽装した扉を開けて出撃する。

まさに名前どおりの武者隠しであった。

「そうだな。二人ほどでいい」

大きいとはいえ、吉良家の屋敷は城に比べたら小さい。武者隠しに入れる家臣の数は、三人ほどであった。

「わたくしはいかがいたしましょう」

武者隠しに入るべきかと小林平八郎が尋ねた。

「いや、そなたは廊下で控えておいてくれ」

一緒に話を聞くようにと三郎が答えた。

「では」

小林平八郎が辰巳を迎えにいった。

「初めてお目通りをいただきまする。家老の福原《ふくはら》より命じられて参りました毛利家中の辰巳新也《しんや》と申しまする」

「父が御用ゆえ、代わって話を承ろう。吉良三郎である」

使者はその主君の代理になる。本来ならば、官位を持たない三郎が下、使者が上になるのだが、辰巳は廊下で膝《ひざ》を突いて名乗った。つまり、毛利長門守ではなく、家老福原の使者だと身分をあきらかにしたのであった。

「で、どのような話か」

三郎が用件を急《せ》かした。

「申しわけございませぬ」

辰巳が平伏した。

「わけがわからぬまねをいたすな。さっさと言え」

いきなり謝られてもどう応じていいか困るのだ。謝罪を受け入れるのか拒むのか、あるいは流して聞かなかったことにするか、どれを取るにもその理由がわからなければ、どうしようもない。

「主《あるじ》が……」

頭を廊下に押しつけたまま辰巳が、毛利長門守が鞆初衛門《ともはつえもん》に命じたことを告げた。

「なっ」

「なんとっ」

三郎と小林平八郎がそろって絶句した。

「近衛さまを捕らえるだと」

「申しわけございませぬ。直接除目について願いをしたいと」

あきれ返った三郎に、辰巳が震えた。

「愚かにもほどがある。武家の除目は御上を通じてなされるのが、鎌倉《かまくら》以来の慣例であるぞ。それを破って通るはずがなかろうが」

「………」

三郎のため息に、辰巳が一層身を縮めた。

「そちらから追っ手は出したのだろうな」

「すぐに吉良さまのお屋敷へ参れと命じられましたので、わたくしは確認いたしておりませぬ」

問うた三郎に辰巳が小さく首を横に振った。

「………」

三郎が無言で辰巳を見下ろした。

「……そうか。用件はわかった。立ち返って福原に伝えよ。このこと芙蓉《ふよう》の間にて共有するとな」

「それはっ」

毛利長門守の愚行を高家《こうけ》全部に報《しら》せると言った三郎に、辰巳が驚愕《きょうがく》して顔を上げた。

「そのていどですんでよかったと思え。平八郎、こやつを放り出せ」

「はっ」

「…………」

怒り心頭となった三郎の指図に小林平八郎が、辰巳の身体に手をかけた。

「お立ちあれ」

「…………」

辰巳が無言で首を何度も横に振った。

「これ以上なにか申すならば、目付《めつけ》にも話をせねばならぬぞ」

「め、目付。そればかりはお許しを」

「ならばとっとと去《い》ねい」

三郎が手を振った。

「なにとぞ、なにとぞ、穏便なご対処を」

小林平八郎に連れられながらも、辰巳は叫んでいた。

「玄関脇でなくてよかったわ。外に漏れたら大事じゃ」

三郎は、本来辰巳の身分では使わない奥の客間を選んだことに安堵《あんど》していた。

「……放り出して参りました」

すぐに小林平八郎が帰ってきた。

「よし。馬を用意いたせ。近衛さまを追いかける」

「若さまが……」

「他に誰がいる。家臣を行かせ、お守りしたところで、近衛さまのお怒りは鎮まるまい。せめて吾が出て誠意をお見せするしかなかろうが」

「申しわけございませぬ。浅慮でございました」

小林平八郎が詫びた。

「かまわぬ。そなたが吾《わ》の身を案じてくれてのことだ」

「畏《おそ》れ入りまする。わたくしもご同道させていただきまする」

「来てくれねば困る。吾だけで勝てると思うほど、頭に花は咲いておらぬ」

一緒に行くと言った小林平八郎に、三郎がうなずいた。

「城の父にも報せを出せ」

「はっ」

小林平八郎が用意のため駆けていった。

幕府は武を誇りとしている。そのため武芸の習得を奨励しており、そのなかには馬術も含まれていた。

とはいえ、人通りの多い江戸《えど》市中での早駆け、江戸城内廓《うちくるわ》での乗りうちは好ましくないとされていた。

「御免そうらえ」

三郎と小林平八郎は馬の轡《くつわ》を引いて鍛冶《かじ》橋《ばし》御《ご》門《もん》を離れてから、跨《また》がった。

「早足で参るぞ」

「お先を御免」

告げた三郎の前に小林平八郎が出た。不意の飛び出しや、道に開いている穴を先に見つけ、三郎が落馬したりしないようにするための気遣いであった。

「馬が通るぞ」

小林平八郎は注意を向けさせ、庶民のほうから避《よ》けてもらうようにと声を出しながら、馬を操った。

「……そろそろいけるか」

日本橋《にほんばし》を過ぎ、浜町《はまちょう》あたりに来ると人通りはかなり減る。

三郎が走ると言った。

「はっ」

小林平八郎が軽く馬の腹を蹴《け》り、軽く走り出した。

「もっと早くできぬのか」

併走しながら三郎が遅いと文句を付けた。

「高輪《たかなわ》の大木《おおき》戸《ど》を過ぎるまでご辛抱くださいませ。城下で早馬は人々の興味を惹《ひ》きまする」

「……わかった」

せっかく近衛基熙《もとひろ》の下向を隠しとおしたのだ。ここで馬を走らせるなどして、人々の目に留まってはまずい。

「あれは吉良さまの……」

ひょっとして三郎の顔を知っている者がいないとも限らないのだ。

「長門守めえ」

焦りを三郎は毛利長門守への恨みに変えた。

二

近衛家というのはその血統が天皇家に取って代わられても、まったく変わってはいなかった。

戦国の近衛前久《さきひさ》が一度戦を見てみたいと越後《えちご》へ出向いたり、関東《かんとう》へ下向したりしたように、己の気になることはすぐさま行動に移さないと気がすまない。

「あれはなんだ」

「これはどうやって喰《く》うのだ」

近衛基熙もこのときばかりは子供のように、あちこちへと目を向けていた。

「御所《ごしょ》はん、急いで京《きょう》へ戻らんとあきまへん。関白さまも右大臣さまもお帰りをお待ちのはずでっせ」

平松清麿《ひらまつきよまろ》の制止にも、

「十歳にならぬ童に、皇統の責任を押しつけるような年寄り連中やぞ。ちいと苦労させたらんと」

近衛基熙は平然としていた。

とはいえ、足を止めるようなまねはしていない。ただ、ひたすら東海道《とうかいどう》をのぼるというほどではないだけで、しっかりと行程は進んでいた。

「今度関東へ下ることがあったら、一回、品川《しながわ》で泊まってみたいわ。海が近いよって、魚がうまいやろうなあ」

京は海に面していない。鮎《あゆ》や鮒《ふな》、鯉などの川魚ならばたまに食べるが、海の魚はまず膳《ぜん》に並ばない。塩漬けにしたような鯖《さば》や、干物がたまに京へ入ってくるが、生臭ものを嫌う公家《くげ》、その代表たる近衛家では、まず贖《あがな》うことはなかった。

「もう、わたいは御免ですわ」

平松清麿が首を左右に振った。

「関東は遠すぎますし、気が荒《あろ》うて怖いでっせ」

「遠いのはしかたないなあ。天狗《てんぐ》の術でも使えたら、一日で飛んでいけるんやろうが」

近衛基熙が笑った。

「それに気が荒いちゅうたけど、なんもなかったがな。そなたの父が、荒夷《あらえびす》は髭面《ひげづら》で血まみれの刀を担いで歩いているなんて脅すよって、どんなに怖いところかと思うたけど、京とあんまり変わらへん」

「それはそうでしたけど……みんな腰に刀差してまんねんで。いつ抜くかと思うと……」

平松清麿が嫌そうな顔のまま言った。

「そなたらはどうや、刀を抜いたことはあるんか」

近衛基熙が吉良家から付けられた警固の侍に問うた。

「手入れをいたすときと、稽古《けいこ》をするとき以外は、ございませぬ」

「わたくしも屋敷の外で抜いたことはございませぬ」

吉良家の家臣二人が首を横に振った。

「ほら、見てみい」

「へえ」

勝ち誇った近衛基熙に、平松清麿がなんともいえない返事をした。

「第一、京にも武家はおるやろうが」

「京では、怖いことおまへんねんけど……」

平松清麿が言いにくそうにした。

「それは京では、公家に皆気を遣《つこ》うてくれるからやろ。こっちが公家やとわかった瞬間、武家が逃げ出すからや。絡まれたらえらい目に遭うとわかっているからや。それが東《あずま》では通じん」

近衛基熙が笑った。

「はあ」

情けなさそうに平松清麿がため息を吐いた。

「近衛さま、そろそろお急ぎになられませぬと、宿場に着く前に昼を過ぎてしまいまする」

「おおっ。それはいかぬな。昼餉《ひるげ》を食べ損ねては大事や」

吉良家の家臣に促された近衛基熙が、足に力を入れた。

同僚二人を呼びにいったため、鞆初衛門はかなり遅れて近衛基熙に追いついた。

「いたぞ」

「あれか」

「供は小者《こもの》を入れて五人か。一人でも十分ではないか」

連れてこられた瀬木《せき》衆が笑った。

「殿のご命は、あの子供を無事に連れて参れとのことぞ。一人で供を片付けている間に逃げられでもしたら、面倒になるだろう」

鞆初衛門が首を横に振った。

「殺してはいかんのか」

もう一人の瀬木衆が不満を口にした。

「頼むぞ、石山《いしやま》。殿に詫びるのは吾ぞ」

鞆初衛門が釘《くぎ》を刺した。

「あははは っ」

石山と呼ばれた瀬木衆が笑った。

「冗談は止めよ。やるんだろう」

最初の瀬木衆が二人を宥《なだ》めた。

「おう」

「やるか。人を斬れるのだ」

鞆初衛門と石山が気合いを入れた。

「……おいっ」

「ああ」

吉良家から付けられていた二人が、三人に気付いた。

「どないしたんや」

近衛基熙が気付いた。

「怪しげな者どもが近づいて参りまする。畏れ入りまするが、わたくしどもの後ろへ」

「わかった」

「ご、御所はん」

首肯した近衛基煕に、平松清麿がすがるように言った。

「しっかりせんかい」

近衛基煕が平松清麿を鼓舞した。

「御所はん」

「どないしたら」

小者二人も顔色が変わっていた。

「落ち着け。ええか、おまえらが騒いだら、あの二人の邪魔になるで」

近衛基煕が小者たちを宥めた。

「頼むで」

平松清麿と小者をまとめて、近衛基煕が五間（約九メートル）ほど離れた。

「気付かれたか」

「かまわぬか。どうせ同じことだ。殺すには違いない」

「油断するな」

初めて人を斬ることに興奮している石山たち瀬木衆を、直接毛利長門守から命を受けた鞆初衛門が抑えようとした。

「先陣いただきじゃあ」

石山が太刀を抜くなり駆け出した。

「おいっ」

忍とは思えぬ逸《はや》りように、鞆初衛門が驚いた。

「ふふふ。では、拙者も」

もう一人の瀬木衆も走り出した。

「馬鹿な、瀬木衆の意味がないだろうが」

こうなってはしかたがない。鞆初衛門も走った。

「…………」

吉良家の家臣が太刀を抜いて、待ち受けた。

「死ねっ」

それに石山が最初に斬りかかった。

「なんのう」

吉良の家臣が受け止めた。

「伊豆見《いずみ》」

もう一人が気遣った。

「次は吾じゃあ」

もう一人の瀬木衆が残っている吉良の家臣に襲いかかった。

「来いっ」

残っている吉良の家臣も応じた。

「……まったく。最初の打ち合わせを忘れおって」

鞆初衛門が嘆息した。

まず不意討ちをして吉良の家臣たちを片付け、その後近衛基熙たちを押さえつけるはずだった策は最初に破《は》綻《たん》した。

「拙者だけであの小者を片付け、近衛さまを捕らえるのは難しいではないか」

ため息を吐きながら、鞆初衛門は近衛基熙たちを逃がさないように回りこんだ。

「そちは何者じゃ」

近衛基熙が鞆初衛門を誰何《すいか》した。

「とあるお方さまの家臣でございまする。近衛さまであらせられまするな」

「どこで麿のことを知ったのじゃ」

鞆初衛門に近衛基熙が訊いた。

「吉良家よりでございまする」

「偽りを申すか。うろんな者よな」

鞆初衛門の答えに近衛基熙が厳しい声を出した。

「なにを……」

「わからんか。もし、吉良が麿を売ったのならば、あのように命がけで守ろうとするわけがなかろうが」

近衛基熙が二人の吉良の家臣を指さした。

「芝居でございましょう」

鞆初衛門が否定した。

「おうりゃあ」

「なんの」

瀬木衆と吉良の家臣が刃《やいば》をぶつけ合っている。

「とても芝居に見えぬのう」

「さあ、近衛さま。こちらへ」

危ないという口実で鞆初衛門が近衛基熙に近づいた。

「慮外《りょがい》者。下賤《げせん》な手で麿に触れようとするでない」

「……うっ」

険しい声を出した近衛基煕に、靹初衛門がたじろいだ。

「麿を近衛と知ってのうえでの無礼であるならば、そなたの主を許さぬぞ」

「……ええい。やはり面倒だわ」

嫌そうな顔をした靹初衛門が、仲間を振り向いた。

「さっさと片付けてくれ」

「……任せろ」

「このていど……」

二人の瀬木衆が力を入れた。

「……くう」

守らなければならないとの意識が、吉良の家臣たちの腕を縮めた。

「くらえっ」

石山が近づきながら太刀を振るかのように見せかけて、蹴った。

「……ぐあっ」

真剣に目がいっていた吉良の家臣は、蹴りに対応できなかった。

「一郎兵衛《いちろべえ》」

「おう」

飛ばされた同僚に気を奪われた吉良の家臣へもう一人の瀬木衆が斬りかかった。

「わああ」

袈裟《けさ》懸けに斬られた吉良の家臣が絶叫した。

「よし、止《とど》めを」

「放っておけ。それよりこちらを手伝え」

鞆初衛門が石山たちを呼んだ。

「待て……」

「人を殺せる機会など、この泰平には二度とないのだ」

二人の瀬木衆は頭に血を上らせていた。

「……ちい」

拒まれた鞆初衛門が苛立《いらだ》った。

「殿のご命はそんな小者の死ではなく、近衛さまの確保ぞ」

「しかし……」

「すぐだ」

二人は聞かなかった。

「やれ、情けないことよ」

近衛基熙が嘲笑《ちょうしょう》した。

「主命より己が欲望を果たす家臣だとはの。たいしたものではないの」

「黙れっ、殿の悪口を言うな」

鞆初衛門が怒った。

武士にとって五摂家《ごせっけ》とは、遠いものでしかなかった。なにより禄《ろく》をくれる主君こそ大切であり、公家といえども言うに従う理由にはならなかった。

「黙ってこっちに来い。でなくば、その小者どもを殺す」

「大納言《だいなごん》家の嫡子たる麿を小者扱い……」

鞆初衛門にひとくくりにされた平松清麿が啞然《あぜん》とした。

「供もなしで、麿に歩けと。ものを知らぬ輩《やから》はこれゆえに」

近衛基熙が鼻で笑った。

「いい気になるなよ」

「ところで、下人。聞こえぬか」

怒りで真っ赤になった鞆初衛門に、近衛基熙が話しかけた。

「聞こえる……なにがだ」

「馬の蹄《ひづめ》の音よ」

「えっ」

言われた鞆初衛門が、耳を澄ませた。

「……まさかっ」

鞆初衛門にも聞こえた。

「興奮していたとはいえ、それくらい気付け」

もう一度近衛基熙が鞆初衛門を嘲《あざけ》った。

「近衛さま、ご無事で」

三郎が近衛基熙たちを見つけた。

「今のところは、無事じゃ」

近衛基熙が手をあげた。

「あれは……吉良の息子」

「ほう、よく存じておるの。吉良家と付き合いがあるというのもまんざらではないか」

鞆初衛門の独り言に、近衛基熙が反応した。

「毛利家の者どもに告ぐ。ただちに去れ。今ならば見て見ぬ振りをしてくれる」

三郎が馬の上から告げた。

「……毛利家の者だと」

「なぜっ」

近衛基熙が驚き、鞆初衛門が絶句した。

「露見している」

「馬鹿なっ」

吉良家の家臣たちに止《とど》めを刺そうとしていた瀬木衆も目を剝《む》いた。

「毛利とはかかわりなどない」

「今更遅いわ。その反応が語っておるわ」

あわてて否定した鞆初衛門を近衛基熙が揶揄《やゆ》した。

「……くっ。おい、そいつを殺せ」

鞆初衛門が三郎を指さした。

「若さま」

ひらりと馬を下りた小林平八郎が、三郎の前に立った。

「よし」

「行くぞ」

二人の瀬木衆が、小林平八郎を襲撃した。

「ふん、おう」

小林平八郎が易々と二人をさばいた。

「こいつできる」

「二人で囲めば……」

瀬木衆たちが小林平八郎を左右から挟むようにした。

「同時に行くぞ」

「ああ」

うなずき合った瀬木衆が、小林平八郎へ一斉にかかろうとした。

「おろかな」

馬を進ませた三郎が馬上から太刀を振るった。

「ぎゃっ」

三郎のことを忘れた石山の肩に、三郎の太刀が食いこんだ。

「あっ」

気がずれた。もう一人の瀬木衆が、声をあげたとき、小林平八郎の太刀はすでに走っていた。

「ぐうう」

瀬木衆の腹を小林平八郎の太刀が存分に割いた。

「初衛門、どうする」

傷を負わされた石山が泣きそうな顔をした。

「ちいい」

鞆初衛門が歯がみをした。

「引け、下郎。これ以上いたすというならば、毛利長門守の官位を停止するぞ」

嘲笑を消して真顔になった近衛基熙が宣した。

「……無念」

三郎と小林平八郎が敵に加わり、味方から一人脱落した。残った仲間も傷を負って、十全に動けない。

歯を食いしばった鞆初衛門が、石山をうながして去っていった。

「近衛さま、ご無事で」

「助かったで、三郎。いやあ、抜き身というのは怖いものやなあ」

毅《き》然《ぜん》としていた近衛基熙が、腰砕けになった。

「御所はん」

平松清麿が急いで近衛基熙を支えた。

「そなたよく腰が抜けへんなあ」

近衛基熙が平松清麿を褒めた。

「御所はんの一大事でっせ」

平松清麿が誇らしげに胸を張った。

「しばし御免を……平八郎、二人はどうだ」

三郎が近衛基熙に断わりを入れてから吉良家の家臣たちを気遣った。

「二人とも負傷しておりまするが、命には別段問題はないかと」

「そうか」

小林平八郎の返答に、三郎が安堵した。

「そち、急いで次の宿場まで行き、駕籠《かご》を三つ連れておいで」

近衛基熙が小者に指図をした。

「三つもでっか」

「麿を守ってくれた者を江戸へ送り返すのと麿が乗るためや」

聞き返した小者に、近衛基熙が告げた。

「三郎、助かったで」

「いえ」

三郎が近衛基煕の礼に、当然のことだと返した。

「あの二人に、大事にと言うといてや」

「かたじけなきお言葉。二人に成り代わりまして、お礼を申しあげまする」

近衛基煕の謝辞に、三郎が感謝した。

「近いうちに京へお出《い》で。待ってるわ。屋敷に招くよってな」

別れ際にも近衛基煕は、三郎を誘った。

三

駕籠が来る前に死体を片付けておかなければ、騒動になる。いくら口止めしても、金を積まれればあっさりと語るのがその日暮らしの民である。ましてや風に任せて、あちこちをさすらうことから雲助と呼ばれている駕籠かき相手なのだ。

駕籠が来る前に死体を街道から見えない草むらへ隠した。

「捨てる前に……」

近衛基煕を乗せた駕籠が西へ、傷ついた家臣を乗せた駕籠が東へ走ったのを見送って、小林平八郎は死体の懐を探った。

「紙入れだけか」

小林平八郎が紙入れを開いた。

「鐚銭《びたせん》ばかり……十二文。これでは茶店で一度休めば終わる」

その少なさに小林平八郎が唖然とした。

「どうだなにかわかったか」

「なにも……」

近づいてきた三郎に、小林平八郎が首を横に振った。

「毛利の家中だという証《あかし》でもあればと思ったが」

「なかなか難しゅうございましょう。日頃でもそのようなものは持ち歩いておりませぬし、あったとしても刺客に出るとわかれば、置いて参りましょう」

身分を表すものを持っている刺客など、愚の骨頂であった。

「たしかにそうか。近衛さまが関東へ下向なされていたことを表沙汰《おもてざた》にできぬだけに、刺客の身元がわからぬのは痛いの。なにせ、近衛さまが刺客から聞いたという話が使えぬのだ。今度こそ長門守に引導を渡してやれると思ったのだが」

三郎が残念がった。

「近衛さまがご無事であったということだけで、十分かと」

「そうだな。あまり贅沢《ぜいたく》を口にしてもの」

慰めた小林平八郎に、三郎がうなずいた。

「では、戻ろう。品川の宿で佐藤《さとう》らの駕籠を換えてやらねばならぬしの」

宿場の駕籠というのは、基本として次の立場《たてば》までしか行かない。

三郎が馬に跨がった。

修羅場から逃げ出した鞆初衛門は、傷ついた石山を長屋へ送り届けると、重い気分で主君毛利長門守の前へと伺候した。

「首尾はいかがであった」

毛利長門守が鞆初衛門の顔を見るなり問うた。

「近衛さまは、いずこじゃ。ご無礼はなかったであろうな」

身を乗り出すように毛利長門守が続けて訊いた。

「申しわけございませぬ。吉良から援軍が参りまして……」

「なんだと。失敗いたしたのか」

「はい……」

喜色を表情から一掃した毛利長門守が確認し、鞆初衛門が首肯した。

「この役立たずが……」

毛利長門守が吐き捨てた。

「…………」

鞆初衛門が平伏したまま震えた。

主君には家臣の生殺与奪をする権利がある。

家臣は気に入らぬというだけで切腹を命じられたり、ひどいときには手打ちに遭うこともある。そこまでいかずとも、放逐《ほうちく》や減禄などは、当たり前のようにおこなわれていた。

百二十万石を三十万石に削られただけでなく、大金と労力を費やして建てた広島《ひろしま》城を召しあげられた代わりに、萩《はぎ》に城を造らなければならなくなった出費もあり、毛利家の内証《ないしょう》は火の車であった。

「無用ゆえ、退身いたせ」

「先祖に比して、そなたは器量が足りぬ。禄は半分でよかろう。気に入らぬならば出てゆけ」

関ヶ原以降、毎年のように家臣が減らされている。

そこへ鞆初衛門は失態をし、毛利長門守の怒りを買った。処分を言い渡されると鞆初衛門が恐怖したのも当然であった。

「もう一度だけ、機をやる」

「かたじけなきご温情、感謝いたしまする」

毛利長門守が猶予をくれたことに、鞆初衛門が歓喜した。

「ただし、失敗は許さぬ。死んでも果たせ。果たせたときは、家は残してくれる」

「家格引き上げは……」

おずおずと鞆初衛門が最初の約束を口にした。

「言えると思うのか」

冷たい目で毛利長門守が鞆初衛門を見下ろした。

「……」

鞆初衛門が額を床にこすりつけた。

「成功したときの報告は、その者へいたせ」

毛利長門守が御座《ござ》の間の外で控えている小姓を指さした。

「そなたの顔を二度と見せるな」

犬を追い払うように手にしていた扇子で毛利長門守が、鞆初衛門に出ていけと命じた。

「御免を」

疲れ果てた顔で、鞆初衛門は御座の間を下がった。

「……鞆」

その鞆初衛門を辰巳が呼び止めた。

「なんでござろう」

明らかに身分の違う辰巳に声をかけられた鞆初衛門は戸惑った。

「ご家老さまがお呼びじゃ」

「お待ちを。主命を受けておりますれば」

鞆初衛門が拒んだ。

「それについてである。付いて参れ」

「……はい」

そこまで言われては拒めない。家老では、鞆初衛門を改易にはできないが、それでも配置換えくらいはできる。それこそ江戸ではなく、国元の山番とか、作事《さくじ》方《かた》下役あたりにされてしまうと、二度と浮かびあがることはなくなる。

「鞆初衛門を連れて参りましてございまする」

「入れ」

御用部屋には福原しかいなかった。

「……………」

「他人《ひと》に聞かせられる話ではなかろう」

怪訝《けげん》な顔をした鞆初衛門に、福原が告げた。

「辰巳、見張りを」

「はっ」

言われた辰巳が、御用部屋の廊下、襖際に座した。

「話せ」

「なにをでございましょう」

短い福原の指示に、鞆初衛門が首をかしげた。

「すべてわかっておる。そなたが愚かなまねをし、石山を怪我させ、三戸《さんのへ》を死なせたこともな」

「……それはっ」

知られていると理解した鞆初衛門が緊張した。

「一部始終を申せ」

「殿のご命でございますれば、他言は……」

もう一度言った福原に、鞆初衛門が毛利長門守の名前を盾に拒んだ。

「お家を潰《つぶ》すつもりか」

「なにを言われまする」

睨みつけた福原に、鞆初衛門が焦った。

「吉良さまを甘く見すぎておられる。殿は」

「……まさかっ。吉良の息子が駆けつけてきたのは」

そこで鞆初衛門が気付いた。

「儂《わし》が吉良さまへ報せた」

「なんということを。援軍がなければ、ことはうまく運んでおりましたものを……

三戸も死なずに……」

堂々と告げた福原に、鞆初衛門が憤った。

「近衛さまをお連れしてどうすると殿は仰せられていた」

「除目のお願いをすると」

「お願いをした後どうなる」

「えっ」

そこまで言われて鞆初衛門が混乱した。

「少しは頭を使え。いかに忍が耳目、手足で口は要らぬといえども、頭はあるのだろうが」

福原が叱咤《しった》した。

「……近衛さまを京へお帰しする」

「ここまで愚かとは……瀬木衆は不要じゃな」

答えた鞆初衛門に福原が盛大にため息を吐いた。

「問題は瀬木衆をすべて放逐したところで、さほどの石高にならぬと言うことか」

福原が鞆初衛門を見捨てた。

「下がってよい」

「お待ちを」

もう興味をなくした福原に、鞆初衛門が声をあげた。

「なんじゃ。儂は忙しい」

すでに福原は積まれている書付へ目を落としていた。

「近衛さまを京へお帰しせぬと」

鞆初衛門が理由を問うた。

「馬に芸を教えるほうが楽じゃな。馬は賢い」

「いかにご家老さまとはいえ、あまりのお言葉でございましょう」

嘆息した福原へ、鞆初衛門が嚙《か》みついた。

「黙って近衛さまがこちらのお願いを通してくださるのか。無理矢理脅して連れてこられたのだ。それも吉良家から付けられた警固を殺害してだ」

「それは金でどうにでもなりましょう」

「なるわけなかろうが。近衛家とは格別の家柄ぞ。その近衛家が金に転んで、あるいは脅しに屈して高家家臣を殺した無法者の意を受けたなどと評判になってみろ。近衛家は御上と朝廷の両方から見捨てられる」

「命を奪われるよりはましでございましょう」

鞆初衛門が反論した。

「京の公家というのはな、武家よりもはるかに名前を重んじる。命よりもな。もう名分以外になにもないのだからな。無理強いをすれば近衛さまは自裁なさるぞ」

「…………」

福原の言葉に鞆初衛門が黙った。

「まあ、そこはなんとかなって近衛さまが京へお戻りになった。だが、殿のお願いを無視されたときはどうする」

「そのような……」

「矜持《きょうじ》は高いが、公家は虚言を操るぞ。にこにこと引き受けておきながら、土壇場で反対に回るなど、過去いくらでも例はある」

「そのときは近衛さまを……」

「京まで行って咎《とが》めると。笑わせるな。そのようなまね、藩が許すか」

「殿のお指図でも」

「金は出さぬぞ」

「殿の……」

「いいかげんにせよ。なんでも殿のお名前が通ると思うな。いかに殿が命じられても、京へそなたを出す旅費など認められぬ。もっとも殿が、御手元金を下賜なさるというならば別だがな」

「ならば、行けましょう」

「そうか。やはり、瀬木衆は使えぬ」

　小さく福原が首を左右に振った。

「藩を危うくするような者を御用部屋が放置するとでも思うたか。殿が密命を下されるならば、我ら御用部屋も同じことをする」

「拙者に追っ手を出すと……」

「………」

確かめるような鞆初衛門に、福原が口の端を吊《つ》り上げた。

「忍たる吾を殺せる者などおりませぬ」

「ならば、忍を使うまで」

「どこに忍がおると」

「そなた以外の瀬木衆がおろう」

「なっ」

「石山と三戸の遺族はどうするかのう」

福原がわざと首をかしげた。

「親戚《しんせき》もおる。なにせそなたにそそのかされて、一人は死に、一人は役目を果たせぬほどの傷を負った。それだけではない。三戸も石山も改易じゃ」

「改易……ご命に従ってのこと。潰される……」

「ご命という証はどこにある」

「それは……」

福原に言われた鞆初衛門が詰まった。

「殿から直接……」

「なるほど。殿のご指示で近衛さまを襲ったと。となれば毛利は潰れるの。どれ、殿に伺って参ろうか。そのようなまねをなさったのかどうか」

「…………」

鞆初衛門が黙った。

いつの時代もそうであるが、上に立つ者ほど都合が悪くなった途端に手のひらを返す。

「さて、あらためて話をしようか」

福原が鞆初衛門に告げた。

四

吉良義冬は二日続けての異変に、顔色を変えた。

「で、三郎と平八郎が出たのだな」

「はい」

小林平《へい》右《え》衛門《もん》からの報告に吉良義冬が確認した。

「わかった。二人の帰還を待つしかないな」

今、ここで打つ手はないと吉良義冬は判断した。

「御上にお話しして、先手《さきて》組《ぐみ》などを出していただくことはできようが……そうなれば、なぜ昨日のうちに、近衛さまの下向を報告しなかったのかとなる」

執政というのは、配下が勝手な行動をすることを嫌う。

「当然、近衛さまが下向なされた理由が問題になる。それが皇位のこととなれば……」

吉良家に皇位をどうこうする力などない。もちろん、近衛基熙もそれを求めてきているわけではなく、幕府の意向を確認しにきたのみであるだけに、より執政衆は憤慨する。天下の一大事に、己が加われなかった、無視されたとの怒りは、近衛基熙ではなく、まちがいなく吉良家に向かう。

老中たちを敵に回せば、徳川の親戚筋だといったところで、たかだか旗本に過ぎない吉良家が無事ですむとは思えなかった。

「表沙汰になって毛利が潰れるのはよいが、当家が巻きこまれるのはまずい」

「いかがいたしましょう」

小林平右衛門が対処を尋ねた。

「あと何人出せる」

「まともに戦えるのは、三人かと」

吉良義冬の問いに、小林平右衛門が答えた。

「三人……少ないがいたしかたない。その者たちも三郎の後を追わせよ」

「ただちに」

指図を受けた小林平右衛門が急いで帰っていった。

「長門守め。今を理解できぬ慮外者が」

吉良義冬が毛利長門守を罵《ののし》った。

文句を呟《つぶや》きながら芙蓉の間へ戻った吉良義冬を、部屋中の目が迎えた。

「なにか」

老練な高家である吉良義冬は、驚きを顔に出さず、土岐《とき》土佐守《とさのかみ》へ問いかけた。

「いや、昨日に続いて今日もご家中の方より、お呼び出しとはいかがなされたのかといささか気になっておりましてな。見習いとして出ておられたご子息どののお姿もここ最近拝見しておらぬ。なにかござったのか」

土岐土佐守が吉良義冬へ向かって述べた。

「いや、お気遣いかたじけない」

まず吉良義冬が気にしていたと言った土岐土佐守に謝した。

「お騒がせいたしたことをまずお詫びいたそう。さほどたいしたことではないのだがの、お目通りをいただいたことで三郎の婚姻話が起こり始めましてな」

「ご子息の……さもありなん」

土岐土佐守がうなずいた。

高家は旗本のなかで最高位として扱われる。官位は御三家には及ばないが、越前《えちぜん》松平家《まつだいらけ》と互する。城中の礼儀礼法を司《つかさど》るという権威もある。

当然、その一族に連なることは名誉だけでなく、実利も大きい。

どことも高家との縁組には熱心になった。

「かと申しましてもな、今川《いまがわ》どの、品川《しながわ》どののおわかりのように、徳川家に連なる我らの婚姻は、御上のお許しがなにより」

「でござるな」

「さよう、さよう」

名前を出された今川左近衛少将《さこんえのしょうしょう》と品川内膳正《ないぜんのかみ》が首肯した。

「かといって、そのような事情を知らぬ者も多く、連日のように使者が訪れて参りましての。一様に門前払いとはいかぬときもあり、このようなありさまになりましてござる。いや、まことに申しわけもなき仕儀でござる」

「たしかに無下にできぬ相手もございまするな」

吉良義冬の説明に品川内膳正が同意した。

「とは申せ、お城まで家臣が来るのはよろしくないとは重々承知いたしております
る。御一同、お騒がせいたした」

もう一度吉良義冬は全員に頭を下げた。

「そういう事情ならば、やむを得ませぬな」

「うむ」

品川内膳正の言葉に、今川左近衛少将が苦い顔しながら首を縦に振った。

「しかし、大沢侍従《おおさわじじゅう》どのが、上杉《うえすぎ》宮内大輔《くないたいふ》どのと二人で上洛《じょうらく》に出られておるのだ。

高家の数が足りぬときに、あまり席を空けられては」

先日刑部少輔《ぎょうぶのしょう》から左近衛少将に昇任、吉良義冬と肩を並べた今川直房《なおふさ》が苦情を付
けた。

「……仰せのとおりでござる。以降は注意いたしましょうぞ」

一瞬不快げに眉《まゆ》をひそめた吉良義冬が、今川左近衛少将へ応えた。

「この話はこれで終わりにいたしましょうぞ。大沢侍従どのと上杉宮内大輔どのは、

今ごろどのあたりにおいででござろうか」

土岐土佐守が不穏な雰囲気を壊すように明るい声を出した。

「江戸を出て五日になりまするか、ならば、道中のほぼなかほど、浜松《はままつ》あたりではござらぬかの」

品川内膳正が土岐土佐守の話題替えに同意した。

「あいにく、わたくしは浜松で足を止めたことがござらぬが、どのようなところなのでございましょうかな」

話を品川内膳正が続けた。

「今は太田備中守《おおたびっちゅうのかみ》どのがご領主をなさっておられる。上洛の行き帰りにかならず寄らせていただくが、浜松城はもと神君家康《しんくんいえやす》さまの居城であるだけに、そのあたりの城とは比べものにならぬ。城下町もそれは見事なものでござる」

吉良義冬も土岐土佐守の気遣いに合わせた。

「太田備中守どの……あの太田道灌《どうかん》どののご子孫か」

品川内膳正が驚いた。

「たしか、四世であったはず」

「いや、関東でも指折りの名将の末裔《まつえい》とは……石高はいかほど」

「三万五千石ではなかったかの」

吉良義冬が首をかしげながら告げた。

「浜松城をお預かりするには、いささか少ないのではないか」

土岐土佐守が怪訝な顔をした。

城を維持するには金がかかる。それも天守閣を持つほどのものとなれば、手入れや補修だけでもかなりの手間になった。

「太田どのの前におられたのが、御老中となられた松平和泉守《いずみのかみ》さま。あいにくご本人は今年の春に亡くなられたが、それでも浜松から館林《たてばやし》へ移封のうえ、老中へ抜擢《ばってき》、五万石へと加増されておられる」

会話に加わっていなかった今川左近衛少将が述べた。

「……なるほど。まさに出世城でございまするな」

土岐土佐守がわざとらしい相づちを打った。

浜松城は、徳川家康の長く居城であったことから、出世城として知られていた。

「…………」

話題が己からそれたことを悟った吉良義冬が、話の輪からそっと離れた。

近衛基煕たちを見送って、品川へ戻った三郎たちは、駕籠で先に運ばれていた家臣たちを休ませるため、宿を取った。

「家中の者が怪我をいたしておる。このあたりで名の知れた外道の医者はおらぬか」

三郎が宿屋の主に問うた。

「名が知れているとは申せませぬが、外道のお医師なれば、高輪にお一人」

「呼んでくれ」

「これを……」

主の答えに応じた三郎に続けて小林平八郎が、心付けを渡した。

「ありがとう存じまする。ただちに」

喜んだ主が、奉公人を走らせた。

「若さま、わたくしは外で」

続けて小林平八郎が申し出た。

「どういうことぞ」

「家中の者が通り過ぎては面倒になりまする」

「手助けが来ると」

「おそらく」

三郎の確認に小林平八郎が首肯した。

「そうだな。我らだけで終わらせる父ではないな」

「はい」

納得した三郎に、小林平八郎がうなずいた。

「……若、ご無事で」

外道医者が着くのより少し遅れて、屋敷を後から出た三人が顔を出した。

「まさに小林平八郎の申したとおりであった」

三郎が感心した。

「吾に傷はなし。この二人が近衛基煕さまをお守りして、傷を負った」

「それはなによりでございました」

「ねぎらってやれ」

「もちろんでございまする」

「吾は少し寄り道がある。悪いが二人を手当が終わり次第、屋敷へ。駕籠を使え、門内はもとより、長屋まで許す」

駕籠に乗せたまま長屋まで帰っていいと、三郎が許可した。

「なんと……かたじけのうございまする。二人に成り代わり、御礼を申しあげまする」

後から来た家臣が、感激した。

武士には厳密な家格というのがある。怪我や病気でもなければ、まず駕籠に乗ってはならないし、玄関を持たない身分で駕籠を家まで寄せることは僭越《せんえつ》であった。

なにより、屋敷内の長屋まで駕籠で乗りつけていいというのは、表門を開けて通ってよいとの意味であり、格を家業とする吉良家としてはまさに格別な扱いであった。

近衛基熙を身をもって守ったことへの褒美であった。

「平八郎、参るぞ」

「どちらへ……」

三郎が帰ると言わなかったことに、小林平八郎が首をかしげた。

「あの者どもの怪我を見たら、いささか辛抱ができなくなった。長門守に文句をくれてやる」

「……よろしいのでございまするか」

毛利家へ討ち入りそうな三郎の様子に、小林平八郎が驚いた。

「かまわぬ。屋敷に入った吾をどうにかできるはずはなかろう。毛利家の屋敷から吾が無事に出てこねば、長門守は終わりだ」

三郎が控えている家臣たちを見た。

「この者どもが証となろう」

「もちろんでございまする」

三郎に言われた家臣たちが強く首を縦に振った。

「ですが、家中の者だけでは、偽りだと逃れられるかも知れませぬ」

「宿の主は……」

「町人が毛利家に手向かいできるとは思えませぬ。なにより、巻きこむのは哀れでございましょう」

ならばと宿の主をと口にした三郎に、小林平八郎が首を左右に振って見せた。

「では、どういたす」

「若さま、念のためにお伺いいたしまするが、長門守さまに傷を負わせるなどは……」

「せぬわ」

怒りのまま斬りかかるのではないだろうなと問われた三郎が強く首を横に振った。

「なれば……わたくしにお任せを」

「よい手があるのか」

「ございまする。ですが……」

小林平八郎が二の足を踏むような態度を見せた。

「いかがいたした」

「いえ、お館《やかた》さまにお叱りを受けることになるなと思いまして」

三郎に訊かれた平八郎が苦笑した。

「そのときは、吾も一緒じゃ」

「わたくしどもも、共に」

三郎と他の家臣たちも笑った。

皆、顔で笑いながら、腸《はらわた》を煮やしていた。

「では、ご出座を」

「おうよ」

小林平八郎に言われた三郎が、宿を出た。

すでに夕刻に近い。

「馬は預けてもいいのではないか」

「いえ、馬が肝要なのでございまする」

暗くなってから馬で屋敷へ戻れば目立つという三郎の懸念を、小林平八郎はそれが策の一つだと答えた。

「馬が……よい。任せた」

三郎はそれ以上問うのを止めた。

高輪の大木戸をこえ、二人は馬で毛利家の門前へ寄せた。

「なにやつじゃ。門前に馬で乗りつけるなど無礼であるぞ」

気づいた門番が慌てて潜り門から顔を出して、文句を付けた。

「長門守を出せ」

小林平八郎が呼び捨てた。

「き、きさまっ。殿を呼び捨てにするなど……」

門番が怒った。

「それがどうした。あのような者、長門守を名乗るなどおこがましい。いいところ迷惑守じゃ」

「おのれっ」

憤怒《ふんぬ》した門番が、刀の鍔《つば》に手をかけた。

「このお方をどなたかわかってのことだろうな、抜けば毛利は潰れるぞ」

小林平八郎が三郎を見た。

「……どなたか」

そう言われては勢いが減じる。

「吾が一度来たときに、そなたはおらなかったようじゃな」

「一度お見えに……」

門番が柄《つか》から手を放した。

「近《ちこ》うよれ。吾は吉良左少将が嫡男三郎である」

「ひえっ」

吉良家とのいきさつは、門番も知っている。

「長門守をこれへ」

「お、お待ちを」

三郎に言われた門番が、あわてて戻っていった。

「出てくるのは家老だろうな」

「門番が主君へ会うことはできませぬ」

大名家の門番は、そのほとんどは足軽身分であり、目通りはかなわない。

「で、この後どうするのだ。家老が出てきたとして」

三郎が尋ねた。

「それは相手の出方次第ではございますが……」

「長門守に会えると思うか」

「会えましょう。家老がまともであれば」

「あの福原とかいう家老ならば、大丈夫だろう。今回のことも報せてきたくらいだ」

二人は馬に乗ったまま待った。

「……吉良さま」

門番からの報せを受けたのだろう、最初に辰巳が顔を見せた。

「辰巳と申したな。長門守はいかがいたした」

「それはっ」

確認に来ただけだろう、辰巳が口ごもった。

「下がれ、辰巳」

重い声がして、潜り門から福原が出てきた。

「久しいの、福原」

三郎が声をかけた。

「ご無沙汰《ぶさた》をいたしております」

福原が深々と頭を下げた。

「ただいま、門を開けまする」

なかで話をしようと福原が三郎を招いた。

「いや、それはならぬ」

小林平八郎が遮った。

「貴殿は……」

「吉良家用人小林平右衛門が嫡子平八郎である。今は若殿の近習《きんじゅ》を務めておる」

福原の誰何に小林平八郎が答えた。

「なにゆえに、断られる」

「若殿さまを謀殺しようと言うのであろう」

余計な口出しをするなと言わんばかりの福原に、小林平八郎が反論した。

「そ、そのようなことはいたしませぬ」

「どの口でそれをいう。何度若殿さまのお命を狙ったのだ。毛利家は」

「お声が大きい」

小林平八郎の怒りに、福原が慌てた。

まだ暮れてはいない。そちらこちらに人の影はある。それに聞こえれば、大事になりかねない。

「今回は畏れ多くも……」

「お頼み申す」

　さらに声を大きくして近衛基熙の一件を言おうとした小林平八郎に、福原が土下座をした。

「若さま」

　小林平八郎が三郎に譲った。

「長門守をこれに呼べ。一言苦情を申してくれる。安心いたせ、吉良は武士の鑑たる高家じゃ。だまし討ちなどの卑怯《ひきょう》なまねはせぬ」

　三郎が痛いところを突いた。

第五章　事の利損

一

毛利《もうり》藩江戸《えど》家老福原《ふくはら》は、馬上から見下ろす三郎《さぶろう》に射竦《いすく》められていた。

たしかに身分からいけば、三郎が上になる。いかに大藩の家老で数千石の知行を与えられていようと将軍家へ目通りできない陪臣でしかない。三郎もまだ当主ではなく、厳密には旗本とは言えないが、それでも名門吉良《きら》家の嫡男であり、すでに将軍家綱《いえつな》へ目通りもすませている。

とはいえ、馬上から話しかけるのは無礼であった。

もちろん、早馬が道を問うときなど、一々鞍《くら》から下りて礼を取っている暇《いとま》はない。

だが、そういうときでも、馬の鐙《あぶみ》から足を外すのが慣例とされていた。

鐙とは馬に乗っているとき足を入れるところで、ここに体重を掛けることで、槍《やり》や刀を振るう。足の支えがなくても、武器は使えるが、どうしても力は入りにくく、威力は落ちる。

つまり、鐙から足を離すのは、攻撃する意志はありませんと見せているのだ。

それを三郎も、小林平八郎《こばやしへいはちろう》もしていなかった。

馬上の礼は、武士にとってかなり厳しいものである。かつて関ケ原《せきがはら》の合戦で、石《いし》田《だ》治部少輔《じぶのしょう》三成《みつなり》が、不利になった戦いを逆転させるため、精強でなった島津《しまづ》家へ出兵を求めた。

「ただちに出陣をと総大将さまのお指図でございまする」

一刻を争う戦場である。使者が馬上から用件を述べたのも無理はなかった。

「己が太閤《たいこう》さまになったつもりか。治部少輔、傲慢《ごうまん》なり」

その態度に島津義弘《よしひろ》が激怒、

「治部少輔が詫《わ》びに来るまで動かぬ」

島津義弘は、とうとう戦いに参加しなかった。

戦が終わって石田三成方が負けたあと、勝ちの勢いに乗っている徳川家康《とくがわいえやす》方へ突っこみ、わずか一千五百の兵で、その包囲を突破したほど勇猛な島津である。もし、石田三成が、自ら出向くなり、使者に礼儀を尽せと言い含めておけば、島津の参戦があり、関ヶ原の合戦の結果も変わっていたかも知れない。

それほど馬上の礼は、武士にとって大きなものであった。

「さあ、返答は」

高家《こうけ》の嫡男として、礼儀礼法を叩《たた》きこまれている三郎である。わかっていないはずはない。わかっていながら、三郎はわざと無礼をしていた。

「主《あるじ》を門外まで呼び出すのは、いかに吉良さまとはいえ、いささか礼儀に外れておるのではございませんか」

己への無礼は流して、福原が三郎に文句を付けた。

「礼儀外れを最初にしたのはそちらであろう。人を闇討ちにするほどの無礼はないぞ」

三郎がもう一度刺客の問題を口にした。

「当家とはかかわりございませぬ」

福原が首を横に振った。

「そうか。では、このまま帰るとしよう。京《きょう》でどのような騒動が持ちあがろうが、吾《われ》は、吉良家は手助けせぬ」

「…………」

見捨てると言った三郎に、福原が黙った。

「当家とは……」

「子供の使いでもあるまいに、繰り返すな」

まだ認めようとしない福原を三郎が揶揄《やゆ》した。

「刺客にはもう少し、まともな者を出せ。毛利の人材払底せりと丸わかりではないか」

「…………」

福原がふたたび黙った。

「近衛《このえ》さまから、京へ参ったおりには是非とも屋敷へ来いとのお声をいただいておる」

三郎が誇った。

今の近衛家は、まだ当主が叙任していない関係上、幕府を含めた武家との付き合いがない。その近衛と三郎は伝手《つて》があると誇ったのだ。

「それはっ……」

福原が詰まった。

今回の失敗をどうにか収めてもらうには、近衛家へ詫びをしなければならない。

しかし、その近衛家への伝手が毛利家にはなかった。

幕府は外様《とざま》大名と公家《くげ》が近づくのを警戒している。参勤交代でも大名が京に宿を取ることを避けるように指示してみたり、公家と大名との婚姻を認めはするが、かなり渋ってみせたりしている。

さらに京には、辣腕《らつわん》と怖れられる京都所司代《きょうとしょしだい》板倉周防守《いたくらすおうのかみ》がいる。

今、毛利家が近衛を訪れたとなれば、たちまち京都所司代に知られる。そうなれば、当然幕府の目が毛利家へ向く。

「近衛と毛利のかかわりを探せ」

とくに近衛家はまだ表に出ていない。その近衛と付き合いを求めて、縁の薄い毛利家が近づく。それは毛利家にとって、今回のことを知られることに繋《つな》がる。

「これが、最後じゃ。長門守をこれへ呼べ」

「お待ちくださいませ」

福原があわてて背を向けた。

毛利長門守は、御座《ござ》の間で一人苛立《いらだ》ちを見せていた。

「なぜ、余の思うようにならぬのだ」

昼間から呑《の》んでいた酒が、かなり回っていた。

「徳川も徳川よ、余をなぜもっと引き立てぬ。広島《ひろしま》城と安芸《あき》、備後《びんご》、長門《ながと》、備中《びっちゅう》、石見《いわみ》の五ヵ国百万石を預ければ、徳川と手を組んでやろうものを」

瓶子《へいし》から盃《さかずき》に酒を注ぎ、それを一気に呷《あお》る。

「さすれば、九州、四国は動けぬ。いや、因幡《いなば》、備前《びぜん》の両池田《いけだ》も背後を気にして、兵を動かせまい。西国すべての脅威を余一人で抑えてやろうというのだ。百万石など安いものであろう」

さんざん箸《はし》で突《つっ》いて、形も残っていない焼き味噌《みそ》団子を毛利長門守が口に放りこんだ。

「殿」

「うん……」

廊下に手を突いた小姓に、毛利長門守が酔眼を向けた。

「御家老さまがお目通りをとお見えでございまする」

藩主の前でも家老は敬意を持たれる。幕府でも老中だけは、将軍といえども気を遣うのだ。執政の権威は、主君でも無にはできなかった。

「会わぬ」

「よろしいのでございまするか」

嫌そうな顔をした毛利長門守に、近習《きんじゅ》が確認した。

「かまわぬ。なにが家老じゃ。たかが家臣ではないか」

毛利長門守が吐き捨てた。

「……わたくしをどのように思《おぼ》し召そうがご随意でございまするなれど、藩の危急でございまする」

小姓を押しのけて福原が御座の間に踏みこんだ。

「御家老さま」

「そなた」

その傍若無人さに小姓と毛利長門守が驚いた。

「出ていけ、そなたの顔など見ては、折角の酔いが醒《さ》める」

毛利長門守が手を振った。

「御酒はそれまでにしていただきまする。危急と申しあげた言葉を聞き取られぬほどに酔うておられる……」

座りながら福原があきれた。

「そなたの危急、存亡の危機は聞き飽きたわ。何度も繰り返しておるが、いまだに当家は無事ぞ」

毛利長門守が空になった盃へ、酒を瓶子から垂らし始めた。

「近衛さまの件、いかがなさるおつもりか」

険しい声で福原が詰問した。

「なぜ、そなたがそれを」

「瀬木《せき》衆が吐きましてござる」

酒を注ぐ手を止めた毛利長門守に、福原が明かした。

「あやつめ。これだから忍などという化生《けしょう》は信用できぬのだ」

毛利長門守が盃を呷って、文句を言った。

「瀬木衆などどうでもよろしゅうござる。近衛さまへのお詫びはいかがなさるおつもりか」

「詫びなど不要じゃ。毛利の仕業とは……」

「もう知られておりまする」

「なんだとっ、ごふっ」

呑みかけていた酒で毛利長門守がむせた。

「殿がお使いの瀬木衆より聞きましてございまする。どなたからの招きかと近衛さまが問われたとき、毛利からのと答えたそうでございまする」

己が配下を使って、吉良へ報せたことを福原は隠した。

「なにをっ」

毛利長門守が驚きのあまり、腰を浮かせた。

「……放っておけ」

少しして、毛利長門守が座り直した。

「当家の者だと鞆初衛門《ともはつえもん》が口にしたとしても、それがまことという証《あかし》はない」

「吉良家のご家中さまもご一緒でございましたと」

「……知らぬ存ぜぬで通せ」

家中の不祥事が表沙汰《おもてざた》になったとき、大名がよく執る手段であった。

「鞆初衛門が当家の者だということも知られておりまするぞ」

福原が毛利長門守へ迫った。

「昨日、放逐したと言えばすむ」

これも大名がよく使う手段であった。知らぬ存ぜぬが通じないときに、すでに藩士ではなくなっているとして見捨てるのである。

「よろしいのでございまするか」

福原が念を押した。

「捕まって、要らぬことを口走るやも知れませぬ」

すでに鞆初衛門は福原の手にあるが、そのことを知らせずに尋ねた。

「瀬木衆は忍であろう。敵に捕まれば自害するのが筋」

「すでに瀬木衆は忍ではございませぬ。なにより、見捨てた殿に忠義を尽くせと求められるほうが、無理かと」

わざと殿が見捨てたと福原が強調した。

「むうう」

毛利長門守が酔いで赤くなった顔を左手で撫《な》でた。

「鞆初衛門の居所はわかっておるか」

「いえ」

福原が首を左右に振った。

「死なせよ」

「なにを仰せか」

「っ……」

殺せと命じた毛利長門守に福原が怒り、二人の遣《や》り取りを最初から聞いていた小姓が、息を呑んだ。

「俗に申すであろう。死人に口なしと」

「……よろしいのでございまするか」

毛利長門守の発言を福原が確かめた。

「主君より死を賜るのだ。名誉であろう」

「ところで、殿」

「まだあるのか」

話を変えると言った福原に、毛利長門守が眉間《みけん》にしわを寄せた。

「屋敷の表に吉良三郎さまがお見えでございまする」

「……吉良が」

「殿にお出ましを願いたいと」

ようやく福原が本題を告げた。

「余に顔を出せと」

「はい」

「出ぬ。なぜに長門守たる余が吉良の息子ごとき無位無冠のもとへ行かねばならぬ」

毛利長門守が拒んだ。

「近衛家との仲立ちをしてくれるとのお話も断ってよろしいのでございまするな」

「むっ」

見上げた福原に、毛利長門守が唸《うな》った。

「……そうじゃ、屋敷のなかへ連れこめ。なかへ入れてしまえば、どうにでも……」

「毛利は信用できぬゆえ、門は潜らぬと」

「人を出して連れこめ。数で囲めば……」

「騎乗でお出《い》ででございまする。包みこむ前にお逃げになられましょう」

毛利長門守の指図を福原が一蹴《いっしゅう》した。

「裏門からも人を出して、そっと気付かれぬように退路を断てばすむだろう」

「近隣に騒動を知られまするぞ。吉良さまが無抵抗で捕まってくださるわけなどございませぬ」

「弓で……」

「殿」

あくまでも三郎を殺そうとする毛利長門守を、福原が睨《にら》みつけた。

「外だと申しあげましてございまする」

「矢ならば、どこから射たかわかるまい」

「御上の目付《めつけ》衆を甘く見られまするな。少なくとも当家の門前で、吉良さまのご嫡子が射殺されたとあれば、知らぬ存ぜぬは通りませぬ。少なくとも、殿はご執政衆の前で申し開きをなさらなければなりませぬ」

「余は毛利元就《もとなり》公の……」

「黴《かび》の生えた看板は通りませぬぞ」

「むっ」

いつもの口癖を歯牙《しが》にも掛けなかった福原に、毛利長門守が不満げな顔をした。

「殿がお出向きにならねば、毛利家は永遠に近衛さまと和解ができませぬ。少なくとも昇爵《しょうしゃく》は二度となく、下手をすれば官位剝奪《はくだつ》もあり得まする」

「それはならぬ」

毛利長門守が顔色を変えた。

「元就公以来、毛利は長門守を受け継いできておる。その長門守を失うなど、決して許されることではない」

「では、お出ましを」

「大江《おおえ》に頼んで……」

毛利家は公家大江氏の流れと称している。その関係で、大江氏との付き合いは今でも続いていた。

「近衛さまに大江さまがなにを言えると」

格が違うと福原が苦笑した。

「………」

「早くなさいませぬと、吉良さまがお帰りになられまするぞ」

「……わかった。ただし、余は門から出ぬ。表門を挟んでの対面でよいな。門内ならば、余が通りかかっても不思議ではない」

表門から出ると、三郎の要求に屈したこととなる。それを避けるため、毛利長門守は妙な理屈を付けた。

「承知いたしましてございまする」

福原が手を突いてそれでいいと首肯した。

「ただし、なにも言い返されぬよう」

挑発されても相手にするなと、福原が釘《くぎ》を刺した。

二

門の外で騎乗のまま待っている三郎と小林平八郎は周囲の興味を惹《ひ》いていた。

さすがに武家屋敷の建ち並ぶところだけあって、町屋のようなあからさまな野次馬は出ていないが、付近の屋敷の潜り門が開き、そこから何人もの人が様子を窺《うかが》っていた。

「いつまで待たせるか」

小林平八郎が珍しく苛立った。

「申しわけございませぬ」

対応と見張りに残った辰巳《たつみ》が謝罪した。

「若さま」

もういいだろうと小林平八郎が三郎を促した。

「もう少しだけ待ってやれ。七つ（午後四時ごろ）の鐘が聞こえて小半刻《こはんとき》（約三十分）ほどであろう」

「ですが、ここからお屋敷までは、小半刻少しかかりまする」

城下に入っている。馬を駆けさせるわけにはいかなかった。

「そうよな。では、あと百数えるだけ待ってやろうぞ」

「お、お待ちを」

百などあっという間である。辰巳が顔色を変えた。

もし、毛利長門守が来たときに、三郎がいなければ、止められなかった辰巳のせいになる。

「一、二、三……」

辰巳を無視して、三郎は数え始めた。

「お待ちくださいませ。おい、ご家老にこのことを報《しら》せて参れ。急げ」

後ろを振り向いて、辰巳が門番に命じた。

「は、はい」

辰巳の雰囲気に、門番も蒼白《そうはく》になって走っていった。

「十一、十二……」

「お慈悲を、お慈悲を」

無情に数える三郎に、辰巳がすがった。

「……ご家老さま」

門番が身分も礼儀も捨てて、福原のもとへ走り寄った。

「誰だ、おまえは」

家老が門番の顔など覚えているはずもない。福原が疑わしげな顔をした。

「吉良さまが遅い。百数えるまでに殿がお出ましにならないならば、帰ると」

「……今、いくつだ」

身分も名前も告げなかった門番の用件に福原が緊張した。

「十三を過ぎておりました」

「ちい。わかった。儂《わし》が参る」

門番の答えを聞いた福原が、表門へと走った。

「開けよ、表門を開け」

玄関で福原が叫んだ。

「はっ」

門番が表門の閂《かんぬき》を抜いて、ゆっくりと開け始めた。

「四十五、四十六……」

「ようやくでございますか」

数えるのを止めない三郎に、小林平八郎が話しかけた。

「五十二、五十三……」

「お願いをいたしまする。今しばしのご猶予を」

辰巳の嘆願に、福原も加わった。

「お待たせをいたしましてございまする。今、主、お目にかかるための用意をいたしておりますれば……」

「五十八、五十九……」

「長門守さまがお出でにならねば、用意などしているかどうかもわかりますまい」

小林平八郎が嘲笑《ちょうしょう》した。

「参りまする。ご覧のとおり門も開きましてございまする」

福原が間違いないと告げた。

「門ぐらい、簡単に開けられましょう」

数を続けなければならない三郎に代わって、小林平八郎が首を横に振った。

「七十二、七十三……」

「ええい、なにをしておられる」

しびれをきらせた福原が、御殿へと足を向けた。

「騒がしいことよなあ」

ようやく毛利長門守が、玄関に現れた。

「殿……」

安堵《あんど》した辰巳が、腰を抜かした。

「八十五、八十六……」

「なにをっ」

数えるのを止めない三郎に、辰巳が驚いた。

「外へと申しましたな」

冷たく小林平八郎が告げた。

「お目にかかりましたし、お話もできましょう」

福原も驚愕《きょうがく》しながら、反論した。

「あれを門の外と言われるならば、毛利家のお屋敷は、開けっぱなしとなりますな」

小林平八郎が鼻で笑った。

「……むっ。無礼な」

さすがに小林平八郎に嘲《あざけ》られては、黙っていられない。辰巳が血相を変えた。

「九十」

三郎が一層声を張った。

「殿、とおのおお」

福原が叫んだ。

「むっ」

「くぅう」

家老の懇願に、毛利長門守が揺るがされ、辰巳が消沈した。

「……今、参る」

毛利長門守が、足袋《たび》裸足《はだし》で玄関から降りた。

屋敷の表門から玄関は、それこそ藩の顔である。足軽、小者が日に何度も箒《ほうき》をかけ、水を打っている。

足袋裸足でも石や塵《ちり》を踏んで痛い思いをすることはない。

ゆっくりながら、毛利長門守が表門まで来た。

「九十六……よかったの。福原とやら」

三郎が福原に話しかけた。

「長門守どのよ」

馬上から三郎が声をかけた。

「下馬なされ、さすがに無礼でござろう」

辰巳が三郎に迫った。

「立ち寄っただけという形を取ってやっているのだ。それを正式なものにせよと」

「……ご家老さま」

三郎に言われた辰巳が、福原に確認を求めた。

「そのままでよい。そなたは戻っておれ」

福原がこれ以上三郎に絡むなと、辰巳を下げた。

「…………」

無言で辰巳が三郎へ挨拶《あいさつ》もなしに、去っていった。

「どっちが無礼かの」

「申しわけもございませぬ」

陪臣が直臣にしていい態度ではなかった。

三郎に皮肉られた福原が、頭を下げた。

「で、どうする」

いきなり三郎が毛利長門守へ問うた。

「なにがだ」

毛利長門守が怪訝《けげん》な顔をした。

「聞いていないのか」

「殿、近衛さまとの仲立ちでございまする」

あきれた三郎に、福原があわてて告げた。

「ああ、任せる」

鷹揚《おうよう》に毛利長門守が言った。

「用件はそれだけか。ならば、余は……」

「任せてくれるのだな」

踵《きびす》を返しかけた毛利長門守に、三郎が念を押した。

「うむ」

毛利長門守が首肯し、屋敷へ足を進ませた。

「殿、いけませぬ」

「なぜじゃ。吉良が毛利に尽くすというのであろう」

福原の制止に、毛利長門守が不思議そうな顔をした。

「吉良さまは、高家衆でございまする。高家衆が当家のためになるようなことをなさってはくださいませぬ」

「なにをそなたは申しておる」

毛利長門守が福原の話に首をかしげた。

「人を害そうとしておきながら、それとは……」

三郎が大げさに嘆いた。

「さて、平八郎。戻ろうか。用はすんだ」

「はっ」

小林平八郎がうなずいた。

「お待ちを」

「もう、聞き飽きたわ。待て、待てと他人《ひと》を待たせるのではなく、そちらが間に合わせろ」

福原の願いを三郎は切って捨てた。

「任されたのだ。こっちで適当にしよう。はいっ」

「ああああ」

馬の首を叩いて動き始めた三郎に福原が手を伸ばしたが、門の外にいる三郎たちには届かない。

「手出しをするか。拙者は吉良家の者である」

下手をして三郎に騒がれては、興味津々と見ている連中に要らぬ情報を与える。

「毛利が吉良に無体を働いた」

そういった噂が流れるだけでも、大事になる。

「……ああ」

三郎たちの背中が見えなくなったところで、福原が膝《ひざ》から崩れた。

「門を閉めよ」

用はすんだと毛利長門守が命じて、屋敷へと入っていった。

三

吉良義冬《よしふゆ》は、通常よりも少し遅く芙蓉《ふよう》の間を出た。

下城時刻になったからといって、あわてて部屋を出れば、注目される。

二日続けて登城中に用人が急用で尋ねてくる。当主の器量にもかかわることを、吉良家の用人ともあろう者が、そうそうするはずもない。

まちがいなく同役は吉良義冬の行動に、気を付けている。

「ふん、いつもならば真っ先に帰る今川《いまがわ》左近衛少将《さこんえのしょうしょう》が残っているなど、露骨に過ぎるわ」

江戸城の廊下を進みながら、吉良義冬が口の端を吊《つ》り上げた。

常々三郎に高家は武家の鑑《かがみ》にならなければならないと、礼儀礼法だけでなく武術の修練も命じているが、高家は武士のなかでもっとも公家に近い。

とくに今川家は、戦国の世でも都振りを自慢するような家柄で、当時の駿府《すんぷ》は京に劣らぬ雅《みやび》と賑《にぎ》わいを誇っていた。それが織田信長《おだのぶなが》との戦いで今川家の当主義元《よしもと》が討ち取られる遠因ともなったし、東海《とうかい》一の弓取りと言われた今川家が領地をすべて失う結果を生んだ。

なにせ、義元の嫡男今川氏真《うじざね》が、槍より蹴鞠《けまり》が、弓より歌が得意というのを自慢していたのだ。

吉良家は今川ほどの隆盛を誇れず、とうとう三河《みかわ》の小領主で終わったことが、かえって生きた。正確には小領主でさえおられず、戦国の波に呑みこまれて領地を失っていたが、その苦労のおかげで関ヶ原で徳川家康に従ってそれなりの手柄を立てられ、旗本に取り立ててもらえた。

今川家が領国を失いながら、名門を盾に北条《ほうじょう》、徳川の庇護《ひご》を受け、連綿と血脈を繋いでいたのとは違っていた。

「吉良は武士である」

これがお家再興を果たした父吉良義弥《よしみつ》以来の家訓であった。

「御《お》駕籠《かご》を出しまする」

江戸城大手《おおて》門《もん》を出たところで、供先《ともさき》が合図した。

「うむ」

物思いに耽《ふけ》っていた吉良義冬がうなずいた。

「……まだお戻りではございませぬ」

夕四つ過ぎに帰邸した吉良義冬に、小林平《へい》右衛《え》門《もん》が三郎と小林平八郎が戻っていないと告げた。

「どうした。まさか……」

「お大事はございませぬ。後から追わせました一朗太《いちろうた》が戻っておりまする」

一瞬顔色を変えかけた主君に用人が述べた。

「どうだと」

「近衛さまご一行はご無事、当家の警固二人は傷を負いましたが、命に別状なし。三郎さまと愚息は傷一つなし」

「そうか」

ほっと吉良義冬が安堵した。

「近衛さまになにかあればと思い、三郎のおこないを追認したが……なによりであった」

吉良義冬が父親としての情を見せた。

「まことになによりかと」

小林平右衛門も同意した。

「で、三郎はなにをしておる」

「なんでも毛利家へ苦情を入れてくると」

「毛利へ苦情を……なにを考えているのだ」

吉良義冬が息子の奇抜な行動に、首をかしげた。

「……しかし、三郎はまだ若い。門限までに戻らねば……」

難しい表情を吉良義冬が見せた。

「そのときは、いかがいたしましょう」

「毛利家へ討ち入る」

屋敷のなかへ連れこまれてしまえば、なにがあっても外には知られない。一応、大名や旗本屋敷は出城として扱われる。表門がしっかり閉じられていれば、なかで火事があろうが、悲鳴が響き渡ろうが、近隣の大名、旗本はなにもできないのが決まりであった。

「用意を」

小林平右衛門が腰を上げた。

吉良家の石高は毛利家の五十分の一しかない。極論ながら、家臣の数もそれだけの差がある。とはいえ、毛利家はそのすべての戦力を江戸屋敷に置いているわけではなかった。

毛利家には萩《はぎ》城があり、そこに城下町がある。他にも下関《しものせき》にも陣屋があり、大坂《おおさか》に蔵屋敷もある。これらに詰める藩士だけで八割ほどになる。つまり、江戸には二割の藩士しかいない。さらに藩邸は上屋敷だけでなく、中屋敷、下屋敷と複数あり、それぞれにも藩士を配置しているのだ。上屋敷にいる家臣の数はさほどではない。

もちろん、吉良家も領地に家臣を置いているが、城があるわけではなく、代官に年貢の徴収を任せているていどでしかなく、家臣のほとんどは江戸にいた。

ただ城攻めに近いので、守る側が有利ではある。

「毛利三十六万石が相手ならば、不足はない」

江戸の城下で討ち入れば勝とうが負けようが、家は潰《つぶ》される。

「喧嘩《けんか》両成敗じゃ」

幕初、大名と大名、大名と旗本、旗本と旗本のもめ事が頻発した。

「なぜ、徳川が三河にあったときから支え続けてきた我らが、数千石、数百石で、豊臣家に従っていた外様大名が何十万石ももらっておるのだ」

「さしたる功績も立てられず、徳川家の隆盛に乗っかっただけの連中が、どれほどのものぞ」

酒の出る吉原《よしわら》などの遊郭ではもちろん、城下で出会い頭に、江戸城で行き会ったからと、争いが起こった。

これが言い合うくらい、せいぜい殴るくらいならばまだよかった。だが、武士には腰に刀がある。

「無礼な」

「なんの」

たちまち斬り合いになり、怪我人だけでなく死人も出る。

「………」

それでも最初は幕府も放置していた。

大名や旗本は、その血気盛んな性格で乱世を生き残ってきたのだ。うるさく言っても聞きはしない。

しかし、それではすまないことが多くなった。

「父の仇《かたき》」

「よくも我が領土を奪いおったな」

戦場での恨み辛《つら》みが原因となった争いが増えた。

そして、仇に出会う確率は城内がもっとも高い。刃物を抜いて城中で斬り結ぶ者が出た。

「泰平の世に」

「上様のお城を血で汚すなど」

さすがにこれを見過ごすわけにはいかなかった。

「あれは、あやつが」

「先に口を出してきたのは、あちらでござる。拙者は応じただけ」

喧嘩を捕まえて事情を聞いても、当たり前ながら相手に責任をなすりつけ、己は悪くないと言い張るばかり。

「埒《らち》があかぬ」

「あのような愚か者どものことに手間取っている暇《いとま》はない」

これから天下を続けていかなければならない。その基礎を作るべきときに、話にならないようなもめ事にかかわっていられるほど、執政は暇ではなかった。

「理由の如何《いかん》を問うから面倒になる」

「両方とも咎《とが》めてしまえばよろしかろう」

こうして喧嘩両成敗は決められた。

「理由の如何は問わず、喧嘩をした家同士は潰される。嫡男になにかあって泣き寝入りなどしては、吉良の名前は地に落ちる。ならば、いさぎよく散るべきである」

吉良義冬が肚《はら》をくくった。

「殿……」

小林平右衛門が駆けこんできた。

「若さまがお戻りでございまする」

「そうか、ここへ」

息を弾ませている小林平右衛門に、吉良義冬が落ち着いた振りでうなずいた。

「ただちに」

小林平右衛門がもう一度駆けていった。

「……そうか。帰って参ったか」

吉良義冬が安堵のため息を吐いた。

屋敷へ着いた三郎は、馬を厩番《うまやばん》に渡すと玄関へ向かった。家臣である小林平八郎は、厩番とともに使用した馬の手入れを手伝い、それから台所口から屋敷へ入る。

「お帰りなさいませ」

玄関には小林平右衛門が待ち受けていた。

「珍しいな」

用人は大名でいう家老になる。いくら嫡男とはいえ、その帰邸を玄関で待っていたりはしない。

「殿がお呼びでございまする」

「父上が……わかった。着替えてすぐに参る」

馬で走ったのだ、汗と埃《ほこり》がすさまじい。いかに親子といえども、このまま会うわけにはいかなかった。

「なるべく早くお願いをいたしまする」

「承知した」

小林平右衛門に急《せ》かされて、三郎は下帯一つになって中庭の井戸で水を浴び、常着に着替えて御座の間へと顔を出した。

「お召しと伺いましてございまする」

「うむ。その前に、頭を拭《ふ》け。水が垂れておる」

吉良義冬があきれた。

「これは……」

あわてて三郎が手ぬぐいで髪の水気を取った。

「それでよい。近《ちこ》う参れ」

「はっ」

濡《ぬ》れた手ぬぐいを廊下に残し、三郎は父の前に進んだ。

「どうであった」

「近衛さまはご無事に……」

三郎が父の求めに応じて、語った。

「そうか、毛利の者と口走ったか。なんとも足りぬ家臣よな。いかに近衛さまに正体のあきらかざる者の招きには応じぬと言われたとしてもだ。まったく、君が足らねば、家臣も至らぬといういい例じゃ」

吉良義冬が嘲笑した。

「で、そなたはなぜ毛利に行った」

「勝手なことをいたしまして、申しわけございませぬ」

問われた三郎がまず謝罪した。

「詫びは後で聞く」

目的を吉良義冬が促した。

「家臣どもが傷つけられ、辛抱ができなくなりました」

「ふむ。家中の者を慈しむのは、当主の器量として要りようなものではある。しかし、己の身を考えぬのは論外である」

「……はい」

叱られた三郎がうつむいた。

「それで、毛利でなにをした」

「毛利長門守を門まで呼び出し、近衛家への詫びをどうするのかと問いましてございまする」

「近衛家への詫びか。たしかに近衛さまを怒らせたとあれば、毛利家の昇爵が永遠になくなるだけではなく、本家筋の公家大江家もただではすまぬ」

三郎の答えに、吉良義冬がうなずいた。

「だが、それをそなたが訊《き》いた理由はなぜだ。たしかに近衛さまは当家にお寄りくだったが、表にはできぬこと」

吉良義冬が意味がわからないと言った。

「じつは、毛利家の者と争われていたのをお助けいたしましたところ、近衛さまがいたくお喜びになって、是非屋敷に顔を出せと。いつなりとてもかまわぬとも仰せくださいましてございまする」

三郎が告げた。

「……もう一度申せ」

一瞬吉良義冬が混乱した。

「いつでも屋敷に来てよいと」

「それはまことか」

「そのように仰せくださいました」

しつこいくらいに念を押した父に、三郎が首を縦に振った。

「……でかした」

不意に吉良義冬が大声を出した。

「いつなりとてもかまわぬとは、前触れ不要とのこと。つまり、そなたは近衛さまの一門扱いになったのだ」

「……えっ」

今度は三郎が戸惑った。

公家ほど格式、礼儀、礼法にうるさい連中はなかった。なにせ誇るものが歴史しかないのだ。それだけに家格などは厳格に守られた。

公家のなかで最高峰にある五摂家《ごせっけ》に比肩する家柄はなかった。宮家でさえ遠慮しなければならないのが、五摂家筆頭の近衛家である。

招待以外で近衛家を訪れるとなれば、数日前に予定を確認し、約束した時刻に門を叩く。そうでなければ、まず近衛家の当主には会えない。

もちろん、前触れを出したからといって会えるとは限っていなかった。

「そのようなお話、御所《ごしょ》はんのお耳に入れるわけには参りまへん」

近衛家の家宰《かさい》を務める平松《ひらまつ》家によって門前払いを受けることも多い。

京《きょう》の支配者と言ってもまちがいではない京都所司代でさえ、確実に会えるわけではないのだ。

その近衛家に出入り御免を認められた。この意味は大きい。

「御所はんは、お留守どすけど、吉良さまのことは伺っておりま。お戻りになられるまで、座敷でお待ちやす」

あらためて出直さなくてもいい。

「麿《まろ》がもとで滞在すればええがな」

近衛家が宿泊を認めてくれれば、上洛《じょうらく》した旗本が宿舎としている京都所司代組屋敷の長屋を使わなくてもすむ。

それは、板倉周防守に知られず、公家衆と遣り取りできるということでもあった。

「大きなことである」

吉良義冬が続けた。

「わからぬか。そなたが近衛さまと縁を結んだ。つまり、吉良は近衛さまと独自の繋がりができたということ。そして……」

「そして……」

わざと一度言葉を切った吉良義冬に、三郎が身を乗り出した。

「近衛家は皇室別家と呼ばれるほど、今上《きんじょう》帝に近い。わかるか。吉良は近衛さまを通じて、主上《しゅじょう》に意見を具申できるのよ」

「主上さまに」

ようやく理解した三郎が息を呑んだ。

「もう一度言う。よくしてのけた」

あらためて吉良義冬が三郎を褒めた。

「ところで、毛利家はそなたの提案にどう答えた」

「任せると」

「……まちがいないのだな」

吉良義冬が耳を疑った。

「はい。長門守から直接任せると」

はっきりと三郎が告げた。

「明日が楽しみじゃな。どのような詫びをしてくるかの」

日が暮れてからの来訪は、よほどの仲か、将軍家や老中などかなり格上の者でなければ、失礼に当たる。

詫びの使者を夜になってから出すのは、より怒りを買うことにもなりかねなかった。

「ご苦労であった。今宵《こよい》はゆっくり休め」

吉良義冬が息子をねぎらった。

四

さっさと奥へ入った毛利長門守に、福原は絶望の色を濃くした。

「終わりじゃ、終わり」

福原が頭を抱えた。

「御家老さま」

辰巳が近づいてきて、声をかけた。

「……どうすれば」

気付かず福原はうつむいたままであった。

「御家老さま」

より大きな声で辰巳が福原を呼んだ。

「……うん、辰巳か」

福原が顔を上げた。

「いかがいたしましょう」

辰巳が訊いた。

「案などあるものか。そなたはどうすればいいと思うのだ」

「……」

逆に問われた辰巳が黙った。

「やはり案はないか。まったく、なんでも家老職に預ければよいと思いおって。少しは己で考えぬか。どいつもこいつも役立たずばかりじゃ」

福原が辰巳に当たった。

「……御家老さま」

「まだおったのか。うるさい」

顔を上げた辰巳に、福原が怒った。

「どうぞ、お怒りをお鎮めいただいて……」

「なんぞ名案でもあるのか」

宥《なだ》める辰巳に福原が尋ねた。

「いかがでございましょう。騒動のもとを作ったのは瀬木衆でございまする。瀬木衆に責任を取らせてはいかがかと」

「瀬木衆すべてを放逐しても、浮く禄《ろく》は知れている。数百石にも及ぶまい。ないよりましというていどでは意味がない」

　辰巳の言葉に福原が手を振った。

「いえ、瀬木衆に吉良を襲わせてはと」

「その瀬木衆が吉良の家臣に勝てなかったのだぞ」

　辰巳の案を福原が一蹴した。

「もちろん、吉良家に勝てるとは思いませぬ。ただ、吉良の面目を傷つけてやれば……相手は高家でございまする。その後始末に奔走することになりましょう」

「ふむ。たしかに高家は名前で生きておるようなものじゃ。その高家の面目を潰せれば、そちらの復旧に手を取られ、当家どころではなくなるか」

　福原が思案する価値があると言った。

「いずれは、当家へ報いをと動きましょうが、とりあえずのときは稼げましょう。その間に、他の手を打てれば……」

「他の手……」

　ふと福原が怪訝な顔をした。

「…………」

　黙って辰巳が、表御殿の奥へ顔を向けた。

「……殿か」

「申すにはばかりが」

確認した福原に、辰巳がそうだと言ったも同じことを口にした。

「隠居していただく……か」

福原が呟《つぶや》いた。

「このままではいささか……」

辰巳も苦い顔をした。

「まあ、それは後だ。とりあえず、今を凌《しの》がねば、明日はない」

福原が辰巳を見た。

「瀬木衆の頭をこれへ」

「ただちに」

辰巳が首肯した。

江戸の瀬木衆をまとめる頭が、残っている配下を集めた。

「皆、そろいましてござる」

歳嵩《としかさ》の瀬木衆が報告した。

「ご苦労である」

夜になっての集合を頭がねぎらった。

「御家老さまより、お話があった」

「お話……お指図ではなく」

「どういうことじゃ」

頭の言葉に瀬木衆が困惑した。

指図は命であり従わなければ咎めを受ける。対してお話とは、相談に近く、従わなくても怒られない。

といったところで、藩主や家老職などの話は、命令に等しい。

「誰それが藩の金を横領しているようであるの」

「石見ほどの規模は求めぬ。銀でも銅でもよい。領内のどこかに鉱山があれば、藩政もずいぶんと助かるのだが」

こういった会話に、

「執政のお役目はたいへんでございますな」

などと気遣うのはまちがいであった。

「………」

黙って横領を疑われている家臣を調べ、国元の山に入って鉱脈を探す。

命ではないので、失敗しても怒られないし、言ったほうも責任追及をされない。勝手に瀬木衆がやりましたとの言いわけも通る。

まさに忖度《そんたく》であった。

「おぬしたちも知っていよう、鞆らの失策を」

「若いくせにはねおって」

「やることが甘い」

口々に瀬木衆たちが、鞆初衛門らを罵《ののし》った。

「初衛門らの馬鹿は知っている。御家老さまはそれをどうにかせよと仰せか」

歳嵩の瀬木衆が見抜いていた。

「そうだ。吉良さまが当家のことを忘れてくれればよいがと、吾の前で呟いておられた」

頭が福原の話をそのまま伝えた。

「吉良をどうにかせよと」

「ああ」

一応確認をした歳嵩の瀬木衆に頭がうなずいた。

「無茶を言われる」

歳嵩の瀬木衆が頬をゆがめた。

「たしかに無茶だが、発端が鞆だからな」

「聞けば、自ら殿に売りこんだと」

ため息を吐いた頭に瀬木衆が首を横に振った。

「やらざるを得んか」

「どうする。吉良を皆殺しにするか」

「阿《あ》呆《ほう》、そんなことをしてみろ。幕府が出てくるわ」

「出てきたところで、我らの仕業とわからなければよかろうが」

「いや、幕府を、徳川を甘く見るのはよくない。関ヶ原のことを思い出せ」

「うっ」

「たしかに」

幕府をなめていた者を含めて瀬木衆が消沈した。

関ヶ原の合戦で、石田三成方の総大将でありながら、一族の吉川広家《きっかわひろいえ》の策に乗り徳川家康と密約を交わした毛利家は、軍勢を動かさず、大坂城から退去することで本領安堵を願った。

しかし、大坂城を押さえ、天下の差配の力を豊臣《とよとみ》から奪った徳川家康は、毛利家との約束をあっさりと破った。

「謀叛《むほん》の疑義あり」

毛利輝元《てるもと》が出ていった大坂城から、謀叛を疑わせる書状が出てきたとして、徳川家康は毛利家の改易を命じた。

「吾が功績に免じてなにとぞ」

徳川家康と寝返りの工作をした吉川広家の嘆願で、かろうじて毛利家は存続できたが、その領地は本領安堵とは遠い三十万石余に減らされた。

「吉良と当家のもめ事は、すでに幕府の知るところと考えるべきだな」

頭が嘆息した。

「ならば、幕府の介入を招かぬていどにするしかなさそうだな」

「うむ。そのようなことを御家老さまはおっしゃっておられた」

瀬木衆の話に頭が告げた。

「となれば、当主を殺すわけにはいかぬな」

「嫡男もだ。目通りがすんでいる」

目通りがすんだ子供が死んだ場合、幕府から検死が出される。お家騒動などがなかったかどうかを確認するためであった。

「となれば、後は……屋敷に火を放つか」

「ふうむ。それがよいかの」

「火付けとばれれば、疑いがこっちにくるぞ」

「疑われぬようにすべきであるな」

瀬木衆が策を練り始めた。

同じころ辰巳を認め直した福原が、吉良への対応を話し合っていた。

「瀬木衆が動くにしても、今夜は無理だろう」

「下調べなしでは失敗しましょう」

福原の言葉に辰巳が同意した。

言ってすぐにどうにかなるものではないというのは、今までの毛利長門守の無計画な襲撃でわかっている。

「吉良の息子、それに家臣もかなり遣う。高家は武家の鑑であるというのは、まんざら嘘ではない」

「瀬木衆を退けた、その実力は侮れませぬ」

福原と辰巳が眉間にしわを寄せた。

「となれば、瀬木衆が成功するまで、こちらで時間を稼がねばならぬな」

言いながら福原が難しいと腕を組んだ。

「明日の朝、吉良左少将《さしょうしょう》が登城する前に面会を申しこみ、そこで詫びについて話をするしかないか」

「お供をいたしまする」

福原の嘆息に、辰巳が告げた。

「いや、そなたは残れ」

三郎から二度と顔を見せるなと辰巳は嫌われている。辰巳を同道しては、面会すら叶《かな》わない可能性があった。

「……はい」

辰巳も理由に気付き、意気消沈した。

「その代わりと言ってはなんだが、重要な役目を与える」

「重要な役目……でございまするか」

「そうだ。そなたには殿を見張ってもらう」

「殿の見張り……」

「決して外に出すな。これ以上は藩が潰れる」

毛利長門守への敬意を福原は捨てていた。

「……はい」

辰巳が覚悟を持ってうなずいた。

翌朝、夜明けとともに福原は、吉良家の門前に立った。

「…………」

いくらなんでも夜明け早々の来訪はできない。かといって、のんびり出てきては、切迫している事情が伝わらない。

そこで福原は早朝に吉良家の前に着き、相手が気付くのを待った。

「……ふああ」

目覚めた門番が、竹箒を持って掃除のために出てきた。

「……うわっ」

寝ぼけていた門番が、門の正面からずれたところにたたずむ福原に気付いた。

「おはようござる。拙者毛利の家中で福原と申す者。ご当主さまにお目通りを願いたく参上仕《つかまつ》りました。ご当主さまのご都合に従いまするゆえ、一応伺っていただきたく」

「ま、待たれよ」

門番が竹箒を落とし、あわてて潜り門から戻っていった。

「……来たか」

登城の用意をしていた吉良義冬が口の端を吊り上げた。

「父上、わたくしはいかがいたしましょう」

昨夜のうちに会うという話はできている。三郎は同席するかどうかを問うた。

「そなたは控えておれ。当事者のそなたがおらぬほうが、毛利の家老を不安にできよう」

「はい」

吉良義冬の指示に三郎が首を縦に振った。

来ると読んでいたからこそ、早めの用意をしていたのだ。だからといって、すぐに通したのでは、軽く見られる。

「そろそろよいか」

吉良義冬は、登城まで半刻（約一時間）となったところで、福原を玄関脇の小部屋へ通させた。

「本日は朝早くからお目通りを願いまして……」

福原が吉良義冬に詫びを述べた。

「詫びの目的が違わぬか」

吉良義冬が福原の口上を遮った。

「申しわけもございませぬ」

平蜘蛛《ひらたぐも》のように福原が這《は》いつくばった。

「どのようなお詫びでもいたしまする」

福原が無条件の謝罪を口にした。

「ほう。では……」

「わたくしの命ですむならば」

口を開きかけた吉良義冬にかぶせた福原が、着物の前をくつろがせ、懐刀を出し、切腹をしようとした。

「畳が汚れる」

嫌そうに吉良義冬が手を振った。

「死にたければ、己《おの》が屋敷でせよ。これ以上当家に迷惑をかけるならば、その首を目付へ届けてくれるわ」

「うっ……」

抜きかけた懐刀を福原が仕舞った。

「しょうもないまねをするな。死ぬ気もないくせに」

吉良義冬が福原を蔑《さげす》んだ。

「吾《わ》が腹ですむならば……」

「それほど安くはないわ。此度《こたび》の不始末」

もう一度死んで詫びると言った福原を吉良義冬が鼻で笑った。

「そうよな、長門守の首ならば、引き受けてやってもよい」

「…………」

隠居をさせようと企《たくら》んでいても、他家からの要請に応じることはできない。当主の命を差し出せと言われて従う。これは毛利家が吉良家の臣下となるも同じであるからだ。

福原が吉良義冬の要求に黙った。

「できぬか、できまいな。だが、それをせぬと、毛利はなくなる」

「その儀につきまして、なにとぞ吉良さまのお力添えを」

嗤《わら》った吉良義冬に福原が願った。

「近衛さまのお許しを得てくれと申すのだな」

「さようでございまする」

着物の前をはだけたままで、福原が平伏した。

「毛利家が潰れるかどうかの瀬戸際だとわかっておるの」

「重々承知いたしておりまする」

念を押した吉良義冬に福原が認めた。

「近衛さまにどのようにお詫びをする。たった一人、それも上皇さまのお声掛かりで当主となられたお方を連れ去ろうとしたのだぞ。生半可なことでは、かえってお怒りを買おう。もし、このことを上皇さまがお聞きになられたら……」

「………」

「朝敵もあり得るな」

息を呑んだ福原に、吉良義冬が脅しをかけた。

「どのようにいたせば……」

朝敵の言葉に震えあがった福原がおそるおそる訊いた。

「御領を差しあげるのがもっともよいが、それは御上がお許しになるまい」

朝廷は幕府から三万石ほどしか与えられず、近衛家の家禄も三千石には届いていない。

とはいえ、朝廷と大名が近づくのを嫌う幕府は、毛利家からの領地譲渡を認めるはずはなかった。

「他には……」

「そうよな。まずは長門守の詫び状じゃ。近衛さまへと吉良家へのな」

「それは……」

詫び状のような形として残るものはまずかった。後でどのような使われ方をするかわからないのだ。

「謝罪なくば話は進まぬ。言うまでもないが、そなたを始め家老職ていどの名義では、話にならぬぞ」

吉良義冬が釘を刺した。

「あと、詫び状だけでは実が伴わぬ。当然、償いをせねばなるまいが、長門守の首がかなわぬならば、それに見合うだけのものを差し出すべきじゃ」

「殿に比肩するほどの償い……」

福原が戸惑った。

「金でございますか」

「他にあるか」

窺うような目をした福原に、吉良義冬が応じた。

「いかほど……」

「それを余に求めるか、ふふふ。主君の命の値段を」

尋ねた福原に、吉良義冬が大声で笑った。

「うっ」

福原が詰まった。

「三文でいいぞ。その代わり、この話は城中でさせてもらう。家老が主君の命を三文だとの値付けに納得したとな。よかったの、毛利家の家紋が、真田《さなだ》の半分になる」

真田家は六文銭を家紋としている。これは三途《さんず》の川の渡し賃を表し、死をも怖れぬ強者であることを意味していた。

「あまりでござる」

福原が頬をゆがめた。

「ならば、そちらで値付けせよ。近衛さまにご寛恕《かんじょ》いただけるだけの金額じゃぞ。その金で腹を撫でてくださいませとの仲立ちはせぬぞ。ただ、毛利よりの詫びでございまするとお渡しするだけじゃ」

「持ち帰っても」

一存で即決できないと福原が頼んだ。

「かまわぬ。ただ、日限は切ろう。そうよな。次の月次《つきなみ》登城までに返答を出せ」

吉良義冬が許可した。

「今日が十二日でございまする。次の月次登城は十五日、国元とも相談せねばなりませぬ。せめて月末までご猶予を」

「家老といえども、そのていどの権もないか。わかった。月一杯は待ってくれよう。ただし、朔日の登城は早めに出る。晦日の日が暮れまでに返答がなければそれまでじゃ」

高家の職務に江戸城での礼法監察がある。月次登城の日はそのために夜明けとともに屋敷を出なければならなかった。

吉良義冬が承知した。

「貴家さまには……」

吉良家への詫びを福原が問うた。

「不要じゃ。当家はとうに毛利と縁を切っておる。今回は近衛さまのことがあるゆえ、やむを得ずかかわっただけ。吉良家はなにがあっても毛利家から一切のものを受け取らぬ」

厳しく吉良義冬が拒絶した。

「ですが……」

「くどいの。要らぬと言うておる。これ以上申すならば、近衛さまとの仲立ちもせぬ。さっさと去《い》ね」

登城に遅れると吉良義冬が手を振った。

「ははっ」

福原が小部屋を出ていく吉良義冬を平伏して見送った。

「……よし、十八日の日を稼いだ」

口のなかで福原が呟いた。

近衛基熙《もとひろ》は、あの後寄り道をすることもなく、京へ帰った。

「戻りましたと知らせておいで」

屋敷で寛《くつろ》いだ近衛基熙は、屋敷の小者になる雑仕《ぞうし》を使いに出した。

近衛家ほどになれば、庭掃除の雑仕でも初位《しょい》あるいは、八位の官位を持っている。

「一条《いちじょう》はん、二条《にじょう》はん、九条《くじょう》はん、鷹司《たかつかさ》はんだけでよろしいか」

「当座はそれでええ」

雑仕の確認に近衛基熙がうなずいた。

「……江戸は遠いわ。足が疲れた」

近衛基熙がため息を吐いた。

「しかし、吉良は気が利くの。旅の足しにと十両もくれよった。お陰で駕籠を乗り継げたわ」

うれしそうに近衛基熙が独りごちた。

「これからも吉良とは付き合うとするか。あの三郎も歳が近いし、話をするに気兼ねせんでええ」

一人きりだけに、気兼ねは要らない。近衛基熙が敷きものの上に寝転がった。

「…………」

「ご、御所はん」

「……なんや、騒がしい」

いつの間にか眠りこけていた近衛基熙が、雑仕の声で目覚めた。

「御所はん」

「なんや」

「大事でっせ。主上のご不例深し、急ぎ参内せよと」

「なんやと。主上が」

今上帝の危篤を知って、近衛基熙の眠気が消し飛んだ。

「牛車《ぎっしゃ》を用意し」

近衛基熙が叫んだ。

本書は書き下ろしです。

高《こう》家《け》表《ひょう》裏《り》譚《たん》2

密《みつ》使《し》

上《うえ》田《だ》秀《ひで》人《と》

令和2年 9月25日 初版発行

発行者●青柳昌行

発行●株式会社KADOKAWA
〒102-8177 東京都千代田区富士見2-13-3
電話 0570-002-301(ナビダイヤル)

角川文庫 22341

印刷所●株式会社暁印刷
製本所●本間製本株式会社

表紙画●和田三造

●お問い合わせ
https://www.kadokawa.co.jp/（「お問い合わせ」へお進みください）
※内容によっては、お答えできない場合があります。
※サポートは日本国内のみとさせていただきます。
※Japanese text only

ISBN 978-4-04-109274-3 C0193

◇◇◇

角川文庫発刊に際して

角川源義

第二次世界大戦の敗北は、軍事力の敗北であった以上に、私たちの若い文化力の敗退であった。私たちの文化が戦争に対して如何に無力であり、単なるあだ花に過ぎなかったかを、私たちは身を以て体験し痛感した。西洋近代文化の摂取にとって、明治以後八十年の歳月は決して短かすぎたとは言えない。にもかかわらず、近代文化の伝統を確立し、自由な批判と柔軟な良識に富む文化層として自らを形成することに私たちは失敗して来た。そしてこれは、各層への文化の普及滲透を任務とする出版人の責任でもあった。

一九四五年以来、私たちは再び振出しに戻り、第一歩から踏み出すことを余儀なくされた。これは大きな不幸ではあるが、反面、これまでの混沌・未熟・歪曲の中にあった我が国の文化に秩序と確たる基礎を齎らすためには絶好の機会でもある。角川書店は、このような祖国の文化的危機にあたり、微力をも顧みず再建の礎石たるべき抱負と決意とをもって出発したが、ここに創立以来の念願を果すべく角川文庫を発刊する。これまで刊行されたあらゆる全集叢書文庫類の長所と短所とを検討し、古今東西の不朽の典籍を、良心的編集のもとに、廉価に、そして書架にふさわしい美本として、多くのひとびとに提供しようとする。しかし私たちは徒らに百科全書的な知識のジレッタントを作ることを目的とせず、あくまで祖国の文化に秩序と再建への道を示し、この文庫を角川書店の栄ある事業として、今後永久に継続発展せしめ、学芸と教養との殿堂として大成せんことを期したい。多くの読書子の愛情ある忠言と支持とによって、この希望と抱負とを完遂せしめられんことを願う。

一九四九年五月三日